たとえばこんな言葉でも

坂井朱生

幻冬舎ルチル文庫

CONTENTS ✦目次✦

たとえばこんな言葉でも

✦カバーデザイン＝小菅ひとみ（CoCo.Design）
✦ブックデザイン＝まるか工房

イラスト・赤坂ＲＡＭ✦

たとえばこんな言葉でも

小ぶりのボストンバッグは衣類と洗面用具、それにあれこれと買いこんでしまった土産《みやげ》でぱんぱんにふくらんでいた。バッグの外ポケットには読みかけの文庫本が挿してあり、入らなかった土産と壊れものは、大きな布袋の中だ。

日曜日の夕方、飛行機を降りると東京《とうきょう》は雨で、念のためにと持たされた折りたたみ傘はボストンバッグの底にある。荷物を詰めるのに相当苦労して押しこんだので、一度開いたら二度と元には戻せないような気がする。だいたい、こんな場所で荷を広げたら周りに迷惑だ。

まあ、いいか。

どうせ駅までは空港から直通だし、外を歩くのは電車を降りて家に着くまでの十分程度だ。空気がそのまま雨粒になったような細かくて見えない程度だし、急いで歩けばさして濡《ぬ》れずにすむかもしれない。

河合実友《かわいみとも》はこのまま行くことに決めて、肩にかけたバッグを揺すって持ちなおした。つい、ため息がこぼれる。まったく、最初から最後まで疲れる旅行だった。

三月も下旬にさしかかったが、まだ陽が落ちる時間は肌寒い。おまけにこの雨だ。様子を見ようと空港の出口から外へ出ると、コートの下で、小柄で華奢《きゃしゃ》な身体《からだ》がぶるりと震えた。

寒さに憂鬱《ゆううつ》な空の色も加わって、ますます疲れが増してくるようだ。

「……ひどくならないうちに、帰らないと」

残った気力をかき集めるために、実友はあえて声にだした。

年齢からおいていかれてしまった童顔に、似合わない疲労にあふれた表情。実友の姿はこの新しく広く綺麗《きれい》な空港の中で、まるで迷子のように見えた。


飛行機で二時間、さらに空港からこの駅まで一時間半ばかり。それほど長時間でもないのにやけにぐったりしているのは、この三日間というものずっと神経を張りつめていたからだ。

短い春休みが始まってすぐ、実友は単身赴任中の父の元を訪ねた。散々迷って渋って、あれこれと理由をつけては延ばし延ばしにしていたのだが、今までなら「都合が悪い」と言えばあっさり引きさがるはずの父がいつになく粘りづよくて、しまいには言い訳の種が尽きてしまったのだった。

（……父さん、なにを考えてたんだろう）

父が転勤で居を移したのは四年前、実友が中学二年にあがるのと同時だった。それ以来、一度だって来いとは言われなかったし、父も東京の家には戻ってきていない。

たまに都内へ仕事で来ることがあっても家には寄らずホテルに泊まるという徹底ぶりだ。

必要な連絡だけはファックスや電話でしていたものの、父子が顔を合わせたのは転勤以来、初めてだった。

父に招かれるなどという事態はまったく予想外で、どういう心境の変化なのかと、いくら考えてもさっぱりわからなかった。そもそも記憶にある限り父子のあいだにはまともな会話など成立したことはなく、同居していたころでさえ、どちらかが簡潔に用件のみを伝え、もう一方がイエスかノーかを答える、そうやって暮らしてきたのだ。

『今年は受験だろう？　忙しくなるまえに、一度こちらに遊びにこないか』

機会なら今まで、何度でもあった。なぜ今になってと、父からの唐突な電話に、実友はひどく困惑してしまった。

本格的な受験シーズンに入るまえにというもっともらしい理由も、実友がこれまでの十八年間に知っていた父の姿からは、どうにも馴染《なじ》まない。

実友は父に、ずっと嫌われているとばかり思っていた。だからどんな事情であれ、父に招かれて嬉《うれ》しくないはずはない。それでもやはり戸惑いのほうが大きかった。

再三の招きを断りきれず、そうして初めて、父の元へと向かったのだ。

「ホントに疲れたなあ」

金曜に出て日曜に戻る二泊三日の旅は、予想以上に疲れるものだった。往復の移動にではなく、精神的にだ。修学旅行以外では初めての、それも一人旅で、不慣れだったせいもあるのだろうが、なによりも父と会うのには自分でも驚くほど緊張していた。

お互いに一人の生活にすっかり慣れていて、いざ顔を合わせてもなにを話せばいいのかわからない。これまでと同じようにするのならともかく、どうにか歩みよろうとするせいでよけいにぎこちなくなる、という悪循環だった。

父の恋人がその場にいなかったら、もっと悲惨な状態だったかもしれない。

恋人の息子——それももうじき十八歳になる高校生に戸惑いもあるだろうに、彼女は緊張ばかりが支配するぎこちない空間を、ふわふわとした気配でずいぶんと和《なご》ませてくれた。

親子水入らずなのに邪魔ではないかと帰ろうとした彼女を、実友と父とは二人して真剣に引きとめた。その様子が可笑《おか》しいといって、彼女はまた笑っていた。とにかく綺麗で、親切で明るい女性だった。どうして父などに、と不思議だったくらいだ。

観光地に行こうにも仕事ばかりでろくに知らないという父に代わって、周辺を案内してくれたのも彼女だった。

(早く再婚すればいいのに)

今は同居していると告げられ、傍目《はため》にも仲がよさそうだった。父に恋人がいることは以前から知っていたし、てっきり、彼らの結婚を報告されるのだとばかり思っていたのだ。けれどどこの三日間、とうとうその話はでなかった。

(やっぱり、俺のせい……だよね)

父の恋人はまだ二十代の若い女性だ。いくら離れて暮らしているとはいえ、いきなり十八歳の子どもの母親という立場にされるとなっては、躊躇《ためら》うのも当然かもしれない。

今さら母親が欲しいなんて考えてはいない。彼女にそれを求めようとも思わない。けれど父がなにを望むのか、そして彼女がどう考えているかはまた別だ。

自分の存在が彼らの間の障害になっているのじゃないかと、実友は父の家での滞在中、ずっとそう思っていた。

またいつでも来てくれとは言われたものの、当分は行く気になれないだろう。少なくともあと一年はそれこそ、受験がいい理由になってくれる。

問題は猶予期間がすぎたあとなのだが、父に預けられた選択を、今は考えたくない。なにかよくないものが、自分の身体の奥から滲《にじ》みだしてしまいそうだ。

「さて、と」

気分を切りかえようと息をつき、人々でごったがえす駅前のロータリーの隅に移動した。携帯電話を取りだす。飛行機に乗る直前に落としたままの電源を入れ、今から帰りますとメールを打って送信し、フラップを閉じた。

短い文章を打つ間、これを受けとる相手の顔を思いだして、実友の頬《ほお》は自然と緩んだ。

実友が駅からまっすぐに向かったのは自宅ではなく、その隣家だ。住宅街の一角にある分譲マンション、最上階の九階。呼び鈴を押すとすぐにドアが開き、「おかえり」と低く穏やかな声が届いた。

玄関先で実友を迎えた声の持ち主は、桐沢旭《きりさわあさひ》。長身にそれと見あうがっしりとした体軀《たいく》で、姿勢がよく、すっとまっすぐに背筋を伸ばしている。手足が長く、腰の位置が高い。広い肩幅の上にある顔は精悍《せいかん》で険しいつくりだったが、視線が実友を捉《とら》えると、表情は一転して柔らかくほどけた。

「やっぱり迎えに行けばよかったな。傘をささなかったのか？　それと、だいぶ疲れてるだろう」

心配そうに眉根《まゆね》を寄せ、桐沢は実友の両頰を手のひらに包んだ。冷えきった柔らかい頰を、指がいたわしげに撫《な》でる。

彼は実友を促《うなが》してあがらせ、実友の手から荷物を受けとった。

「大丈夫ですよ、そんなに降ってないです。たいして濡れてないでしょう？　コート、撥水《はっすい》加工してたからちょうどよかった」

昨晩、飛行機の時間を知らせるメールをだしたとき、桐沢から「空港まで迎えに行こうか」という返事をうけとっていた。それを断ったのは、大げさな旅行でもなかったし、仕事で疲れている彼に、休日くらいゆっくりすごしてほしかったからだ。

どうせ家に戻ればすぐに会える。一時間以上もかけて空港に迎えにきてもらうのは、気が引けてしまう。

「実友の『大丈夫』は口癖だから、アテにならない」

「ひどいですよそれ。本当に大丈夫なのに」

父が単身赴任で家を出ていった中学二年のときから、実友はずっと一人暮らしだ。それから今まで一度たりともこの家に父は戻っていなくて、だからもし倒れたところで面倒を見てくれる人など誰もいない。そのためずっと、体調には気をつけていたのだ。もともと丈夫でもあったから、実のところは寝こむような事態などめったにない。

小柄で華奢、そのうえ童顔。年齢を経ればそれなりにおとなびた顔になると期待していたのだが、頰の丸みも柔らかい面差しも、近く十八歳になろうというのにあまり変化はなかった。その外見の印象に加え、桐沢との初対面の日、風邪ぎみのところに長時間冷えた外気にさらされていたせいで少々熱を出してしまったという失態があったから、どうも過剰に心配されてしまうようだ。

ただでさえひとまわり以上も年下なのに、これ以上頼りないと思われたくはなかった。桐沢の「お荷物」になってしまうのが、実友にとってなによりも怖い。

いつも気をつけようと思うのに、ついこうやって心配をかけてしまう。

落ちこみかけた実友に、桐沢がぽんと頭を叩《たた》いた。

「コート、乾かすから貸してくれ。着替えはどうする」

「中はほとんど濡れてません」

「そう？」

荷物を置いてコートを脱ぐと、桐沢が濡れたコートを洗面所へと持っていった。

隣人同士だが、実友が桐沢と知りあったのは半年まえだ。実友が知っていた以前の隣人一家が引っ越していって、しばらくして桐沢がその部屋を買った。

初めて話をしたきっかけは、実友が自宅の鍵を紛失したことだった。なんでもポケットに突っこんでおく癖があって、いくど落としものをしても懲《こ》りない。学校から帰ってきたら家の鍵がないことに気づいたという状況だった。

十一月の終わりで、夜はずいぶんと寒かった。その日は財布を家に忘れていて、持ちあわせもない。制服姿で外をうろつけば、悪くすると補導されかねない。仕方なく通いの管理人の来る朝まで待とうと家のまえに座っていた実友を助けてくれたのが、桐沢だった。

『とにかく、入れ。そんなところで座りこんでいたって、しょうがないだろうが』

そう言って腕を引いてくれた桐沢の力強い手のひらの感触さえ、まだ肌に残っている。凍えそうだった身体だけじゃなく、心ごと温めてくれたそのとき、どれほど嬉しかったか。

桐沢は実友の先にたって、荷物を軽々と運んでいく。土産にはかさばるものもあって実友にはそれなりに重かったのに、彼は重量などまるで感じていないようだ。

（ああ、桐沢さんなんだ）

すぐ目のまえにある広い背中を、実友はじっと眺めた。

見慣れた、しっかりした背中のラインにほっとして、そしてここに今桐沢がいるのだと実感したくて、手を伸ばしかける。けれどその手を、途中でとどめた。

（俺、どうしちゃったんだろう）

たかが二泊三日の旅行だ。それも、父を訪ねるというそれだけのもの。隣に住んでいるとはいえ、忙しい社会人の桐沢と実友とは、三日どころか一週間でもそれ以上でも、顔を合わせないことはあるのに、彼と離れていた三日間がやけに長く感じたのはどうしてだろう。

「どうした？」

ぼんやりしていたのを、気配で察したらしい。桐沢が振りむき、心配そうな眼差《まなざ》しで実友を見た。

「なんでもないです。桐沢さんだなあ、って思って」

顔を見て声を聞いて、それだけでもう、全身を支配していた疲労がすうっと和《やわ》らいでいく。

「なんだ、それは」

苦笑した桐沢に急ぎ足で追いつき、そっと身体を寄せる。自分でも不可解な感覚で、彼に上手《うま》く説明できない。ただ、傍《そば》にいられてよかったと、迎えてくれて嬉しいと伝えたかった。

自分の感情さえきちんと話せないのがもどかしくてたまらない。

でてこない言葉の代わりにせめて、そっと体重を預けると、桐沢が空いた手で肩を抱いてくれる。

（……ああ、そうか）

どうやら、自覚していた以上に不安だったようだ。唐突に招かれて父の意図もわからず、そうしていざ行ってみれば今度は、こちらが呆然《ぼうぜん》とするような提案を持ちだしてきた。長い長い間ずっと断絶といってもいいような状態だった父とのあいだが修復に向かっているのはいいのだが、実友が望んでいたものとはなんだか違っていて、これからどうなってしまうのだろうと、怖かったのかもしれない。

落ちついたおとなで、揺るがないように見える桐沢の傍にいれば、ぐらぐらと不安定な足元がどうにかなるのじゃないかと、そんなふうに感じたのだろう。

「呑《の》んでたんですか、珍しいですね」

リビングのガラステーブルに、ウイスキーのボトルと呑みかけのグラスが置いてあった。銘柄は『JAMESON《ジェイムソン》』。休みとはいえこんな時間からの飲酒は、少しばかり意外だった。実友が未成年だからか、桐沢はあまり実友のまえで酒は呑まない。普段はせいぜい、ビールくらいのものだ。

だがまったく口にしないというのでもないし、実友はとりたてて深い意味もなく見たものをそのまま訊《き》いてみただけだ。

ところが桐沢は一瞬、虚《きょ》をつかれたように黙りこんでしまった。

(あれ……?)

「桐沢さん、あの」

頭一つ分高い位置にある桐沢の顔を見あげると、彼はわずかに苦い表情を浮かべている。

「酔っぱらってないと、車に飛びのりそうだったから、それでつい。タオルを取ってくる。それとなにか温かいものでも淹《い》れるから、座っててくれ」

どうかしたのかと訊《たず》ねようとした実友の声を遮って、桐沢がとんと実友の肩を押す。

ほどなくしてタオルと温かいコーヒーを持ってきた桐沢は、タオルを実友の頭にふわりと載せて、いい香りのするマグカップを二つ、ガラステーブルの上に置いた。

「ありがとうございます」

タオルを受けとり、実友は濡れた髪を擦《こす》った。

「車って、なにか予定があったんですか」

言われてみれば、テーブルの上にキーホルダーが放りだしてある。

ドライブでもしたかったのかと、実友は首を傾《かし》げた。せっかくの休みに、自分を待たせてしまったせいででかけられなかったんじゃないかと、申し訳なく思う。

だが反省していた実友に、桐沢はまるで予想外のことを告げた。

「そう。早く実友の顔が見たくて、空港まで迎えに行こうかと。飛行機の時間は聞いていたからな。でもいきなりじゃ、すれ違いそうだろ。だから『酔っぱらい運転は禁止』ってことで、自分に言いきかせてみた」

桐沢がさらりと言った言葉に、実友は一瞬、言葉を失った。直球すぎるのに驚いたのもあるが、桐沢らしくないな、とどこか心に引っかかる。言葉を惜しむ人ではないが、今の言葉は、どうしてかうつろな感じがしたのだ。

目を瞠《みは》った実友に、彼は短く笑うと、瞬《まばた》きをして視線を外す。

「でも、雨が降るならせめて駅まで迎えに行けばよかったな。家の中にいて、降ってるのに気づかなかった」

桐沢の手が実友からタオルを取りあげ、代わりに髪をごしごしと擦る。タオルに視界を遮られて、彼の顔が見えなくなった。

その手のひらはいつもと変わりなく、優しく実友の髪を拭《ぬぐ》っていたが、どことはっきりはいえない違和感が消えない。

(さっきの。やっぱりはぐらかされた……のかな)

なにか、どこか。しっくりこない。たとえばさっきの、呑んでいるのかと訊ねたときの、わずかな沈黙だとか。語尾を奪いとるようにかぶせてきた声だとか。

早く会いたくてという言葉は、もちろん嬉しかった。実友の知るかぎり桐沢という男は、そういう罪な嘘《うそ》をつく人じゃない。

ただ呑みたかったのではなく、車に乗りこまないようにというだけでもなく、他にもきっと、呑んでいた理由があるのかもしれない。

（まあ、いいか。気にしすぎなのかもしれないし）

恋人のささやかな挙動にまでいちいち神経を尖《とが》らせて、あれこれ問いつめて嫌われたくない。つくづく、他人との距離のとりかたが上手くないのだと、実友は自分に呆《あき》れた。

なにをどこまで訊ねていいものか、そんなことさえわからないでいる。桐沢相手に限ったことじゃなく、友人にも、父にさえ同様だった。

「はい、おしまい」

そう言って桐沢はタオルを外し、乱れた実友の髪を指で軽く梳《す》き、整えた。

「ありがとうございます」

「どういたしまして。単に触りたかっただけだけどな」

「さ……って桐沢さん、もしかして酔ってますか」

「どうだろう、グラス半分程度じゃなあ。今のところ最高記録は一人でボトル四分の三、ってとこだ。一応、理性が消えたこともないし、記憶が飛んだ気配もなし」

タオルをソファの背に放りなげると、桐沢はあらためて実友の身体を自分のほうへと引きよせた。

鼻をくすぐるのは、桐沢が愛用しているグリーン系のコロンの香り。馴染んだその香りに包まれて、実友はふっと力を抜いた。

「四分の三じゃ『ほとんど』って言いませんか」

「まだガキだったころに兄貴の酒をこっそりもらっちまったんで、全部呑んじゃ悪いかと思ってそこでやめたんだよ」

要するに、このくらいでは酔わないのだと言いたいらしい。

桐沢がこんな軽口にでも亡くなった兄の話をするのは珍しい。

彼は両親を一度に亡くしたあと、兄も失っていると聞いた。今、副社長をつとめている防犯会社も、もとはその兄がはじめた事業だということだ。

桐沢についてなら、どんな些細《ささい》なことでも知りたい。自分からはなかなか訊けない分、実友は彼の声に耳を傾けた。

「どんな味なのか知りたいだけだったのに、気がついたらボトルの中身がろくになくなっていて、まあ焦った焦った」

「どうしたんですか？」

「謝ったよ。ボトル突きつけて『ごめん』って。すげえ呆れてたが、怒られはしなかった」

桐沢はつかの間、懐かしげに目を細めた。そして実友の髪を、指に絡めて弄《もてあそ》ぶ。

「それより、札幌《さっぽろ》はどうだった」

短い沈黙のあと、桐沢が軽い口調で訊ねてきた。もっと話を聞きたかったが、そうとは彼に頼めない。

「覚悟していたより寒くなかったです」

「そりゃそうだろ」

言って、桐沢は小さくふきだした。彼がなにを思いだして笑っているのかに気づいて、実友は顔を赤らめ、唇を尖らせた。

「だってしょうがないじゃないですか。寒い寒いってそれしか聞いてなかったんですよ」

桐沢がいるときに旅行の準備をしていたのだが、そこで、毛糸の手袋だのマフラーだの、裏起毛のブーツはあったほうがいいかなどと真剣に悩んで、さんざん笑われてしまったのだ。

「いくら寒冷地っつっても三月下旬だぞ」

「もう、いいじゃないですか。持っていかなかったんだし」

昼間は陽もあるだろうし、東京の冬場程度の準備で充分じゃないかと荷物を見た桐沢に言われて、あれやこれやと思案していた荷物をずいぶん減らした。

『北極《ほっきょく》に行くんじゃないだろう』

大笑いされたあげくにどうしても寒ければむこうで買えばいいんじゃないかとも言われて、半信半疑ででかけたのだが、結果は桐沢が言ったとおり、だった。

「雰囲気はまるきり東京と変わらないんですけど、でもときどき広場みたいなところに、ものすごい量の雪が山になってるんです。雪を捨てる場所があるんだって教えてもらって、びっくりしました。あ、それと蟹《かに》いっぱい食べましたよ。一生分くらい」

父からの仕送りでやりくりしているせいか、あちこちの店の軒先を見ては物価を比べてしまって、父の恋人に「高校生なのに変わってる」と驚かれてしまった。

「父さんは相変わらずで、近所になにがあるとかも全然知らなくて、店とか観光スポットとか案内してくれたのは、沙也加《さやか》さん……ってええと父の恋人なんですけど、すごく綺麗な人でした」

実友はごく幼いころに亡くなったという母の顔も知らなくて、これまで女性と長く話した経験などはまったくない。それでも皮肉なことに、父といるときほどには緊張しなかった。

「お父さんと、話はできた？」

「えー……っと、はい、まあ」

言葉を濁した実友に、桐沢が先を促す。

「やっぱり、なんかぎこちなくて。今までが今までだったから、なにを話していいかわからないし、二人きりになっちゃうと沈黙ばっかりでちょっと困りました」

子どものころからずっと、かまわれないまま育ってきた。去年末、父に頼まれて様子を見にきたという顔見知りの父の知人から以前の事情などを聞かされ、決して父に嫌われていたのじゃあないと納得はしたものの、父本人から話してもらえたわけでもなく、どこか半信半疑でいたのだ。

冷静に考えれば、中途半端に子どもを放りだした駄目な父だと思う。けれど、それでも実友にとっては唯一の肉親で、やっぱり嫌われるよりは好かれたい。

けれどろくに会話した記憶もなく、いざお互いに歩みよろうとすれば、どんな話題をどう伝えたら喜んでもらえるのかと、いちいち一言口にだすのも混乱して、戸惑ってしまうばかりだ。

誰に対してもそういう気持ちはあるのだが、相手が「父」となると、さらに肩に力が入ってしまう。

好かれたい、嫌われたくないというのなら、桐沢にだって同じだ。ある意味では父以上に大切な人で、実友の生活の中心に彼がいる。父にするのと同じかそれ以上に、言葉にも気をつけてはいる。

(でも、桐沢さんといるとすごく安心する)

この違いはどこからくるものかと、実友は答えを求めて桐沢を見あげた。視線に気づいた彼が、どうしたのかというように笑ってくれる。

(ああ、そうか)

表情や、声。そして触れてくる手のひらの温かさで、いつも実友に好意を伝えてくれるからなのだろう。

自分が淋《さび》しがっているという自覚さえなかった実友に、なにもかも桐沢がくれた。彼がいなければ、父との和解さえなかったかもしれない。

桐沢が与えてくれるものの十分の一でも、返せたらいい。いつもそう思うのに、至らない子どもの自分では、まるでなにもできないままだ。それが実友には悔しい。

「行ってよかった?」

訊かれて、実友は返事につまった。

父からの誘いに、行こうかやめようかとずっと迷っていた。桐沢も知っている。

「よかった……かな。たぶん。でもすごくしんどかったんで、しばらくは行かなくていいかな。ゴールデンウイークや夏休みはもっとゆっくり泊まりにこいって言われたんですけど、受験生だからって断っちゃったんです。学校で受験用の課外講座があるからって言ったら、納得してくれました」

夏には休日を利用した課外講座があるのは本当だ。ただし、参加は自由。実友は出席するかどうか、まだ決めていない。志望大学さえ決まっていない状態では、講座に出るといってもどの教科にしたらいいやら、判断できないからだ。

実友が通っているのは中・高一貫教育の進学校だ。とにかく名のある大学へ進学させようという単純明快な理念のもと、高校二年の段階で三年生までのカリキュラムをすべて終えてしまって、最後の一年間はひたすら受験のための勉強を叩きこまれる。

実友たちにはぴんとこないが、年々子どもの数が減って、私立学校は大変らしい。高い合格率が最大の宣伝材料だとかで、最終学年になれば教員も目の色が変わっている。

「そうか。そういや、受験生だったな」

忘れてた、と桐沢に言われて、「俺もときどき忘れます」と実友はちらりと舌をだした。

「もう少し近ければいいんですけど、さすがに北海道《ほっかいどう》は遠いですよね。自分でも知らなかったんですが、飛行機もちょっと苦手みたいです」

「飛行機？　鉄のカタマリが飛ぶなんて信じられないってやつか」

「違いますよ。あの浮きあがるときの感覚が苦手みたいで。ほら、ジェットコースターが落下するときみたいに」

このあたりがぞくっとする、と言って腹部を押さえてみせながらも、実友は頭の片隅で、違うことを考えていた。

休みにはまた顔をだせと言われ、実友がとにかく受験が終わるまではと断ると、父は残念そうに嘆息した。そしてそのあと、あの提案があったのだ。

（どうしよう。相談しても、いいのかな）

受験のことで、困っている。事情を桐沢に話したら彼はなんと言うだろう。

（そんなことも自分ひとりで決められないのか、って呆れられるかな）

自分でも情けないとは思っている。けれど。

受験校だけなら、学力に見あった場所をと決めることはできただろう。だが今回、父の元へ向かったことで、単に「とりたてて希望がない」というだけの事態ではなくなってしまったのだ。

（父さんが、今ごろになってあんなこと言うなんて考えてもいなかった）

父に今後はどうしたいのかと訊ねられ、まだ受験する学部も大学さえも決めていないと答えた。その答えを受けて得心したように父はうなずき、とんでもない提案をしてきたのだった。

『――だったら実友、こっちの学校も受けてみる気はないか』

いきなりの言葉に絶句していた実友に、父は困ったように視線を逸《そ》らした。

ぼそぼそと呟《つぶや》かれた説明によると、父は本格的に札幌に定住するのを決め、今いる土地に家を買うことにしたらしい。そこで問題になるのが、今、実友が暮らしている都内のマンションだ。

実友一人には3ＬＤＫと広く、このまま持ちつづけるのはたしかに無駄だ。家を買うとなれば、それなりに資金も必要だろう。目処《めど》があるのかないのかまでは言わなかったが、マンションが売れれば楽なのは間違いない。

誰かに貸して家賃をとるにしても、実友は別の部屋を借りることになり、差額や管理費などを考えたら、結局あまり変わらなくなってしまう。

『もちろん、決定じゃない。どうしても売らなければというほど逼迫《ひっぱく》もしていないから、実友がそのまま住みつづけたいならかまわない。ただ進学先を迷っているのなら、思いきってこちらに越してくることも、候補に入れてもらえないかな』

家の処分だけではなく、実友と一緒に暮らしたい。いろいろと間違えてしまっていたから、やりなおす時間をもらえないだろうか。どうしても一緒には暮らせないというなら、こちらで一人暮らしをしてもいい。近くに住んではもらえないか。

父は最後まで実友の顔を見ないまま、そう告げたのだった。

どうしたいのかといえば、答えは簡単だ。実友は桐沢の傍から離れたくない。このままずっとこの場所で暮らしたいから、父の元へは行かれない。

（でも——）

それでいいのか。本当に、ただ桐沢の傍にいたいというそれだけの理由で、このまま残るなんて決めてしまっていいのか、いくら考えてもわからなかった。

家を買うのなら、今まで以上に経済的な負担がかかる。はっきりと理由を告げることなく、目的もないのにただ東京に残りたいなんて、許されるものだろうか。

桐沢の存在を、当然だが父には話せない。冬にいろいろと世話になり今も親しくしてもらっている隣人がいるとは伝えてあるが、さすがに恋人だなんて絶対に言えなかった。

ぐらぐらと迷ったまま、結論はだせない。

（父さんに、嫌われたくない。だって、せっかく関係を修復できるかもしれないのに）

離れた場所にいる。二人でいても会話さえぎこちない。それでも父は父だ。記憶も定かじゃないくらい昔から、振りむいてほしいとずっと願っていた相手だった。

残ると告げて父の期待を裏切り、嫌われたくない。けれど桐沢から離れたくない。どちらも選べなくて、実友は途方にくれていた。

半年まえまでは想像もできなかった、贅沢《ぜいたく》な悩みだ。それだけに、実友にはずっしりと重い。

桐沢に話してみたら、彼はどう答えるだろう。……行くなと、言ってくれるだろうか。もし「よかったな」だとか「それもいいんじゃないのか」なんて言われたら、どう反応していいかわからない。

(これじゃ、相談じゃないよ)

つまりは行くなと言ってほしいだけだ。ここに、隣にずっといればいいと言ってほしいだけなのだ。

決められないくせに、迷っているくせに彼には引きとめてほしいなんて、どうかしていると自分にうんざりしてしまう。

「……実友、どうかしたか」

ぽんと投げわたされたように桐沢の声が届いて、実友のぐるぐると回るばかりだった感覚が現実へと戻された。

「え？」

桐沢の長い指が実友の眉間《みけん》を軽くつついた。

「皺《しわ》寄ってるぞ、ここ」

ぼんやりしていたと桐沢に指摘され、実友は「ごめんなさい」と謝った。せっかく二人でいるのに、いつの間にか父に突きつけられた難問で頭がいっぱいになっていたらしい。

「いいさ、疲れてるんだろ。早く顔が見たいからってこっちに来いって言っちまったが、今日くらいは一人でゆっくりさせてやればよかったな」

「そんな」

「たかが三日だろって、さすがに自分で呆れたけどな」

「俺だって、すごく桐沢さんに会いたかったんですよ」

実友は首を横に振った。実友のほうがもっと、桐沢に会いたかった。早く早くと急《せ》いていた帰りの電車のなかでの気持ちを、取りだして彼に見せられたらいいのに。

「そう？」

「はい」

実友が言うと、桐沢は面はゆそうな表情を浮かべる。そうして、くっと喉《のど》を鳴らして笑った。

「二人して、なに言ってんだかな。半年や一年も離れていたわけでもないのに」

「そうですね。天城《あまぎ》さんたちに知られたら、また笑われそうです」

「絶対に言うなよ」

真顔で釘《くぎ》をさした桐沢に、実友も笑ってうなずく。

天城は桐沢の部下であり友人で、しばらく、実友の家に居候していた甘いハンサムな青年だ。彼は桐沢と実友の仲を知っていて、桐沢の普段の態度と実友と接しているときのそれとがまるで違うのだと面白がってなにかと揶揄《からか》っている。

「ただでさえ、このところ社内がバタついてるからな。こんなネタ握らせたら、気晴らしだとかで擦りきれるまで使われるぞ」

桐沢は、防犯設備の研究開発および販売、それに警備も請けおう会社の副社長だ。彼の亡兄が興した会社で、名目上の社長は亡兄の妻だが、実質は彼が経営を担っている。

「仕事、忙しいんですよね」

自分のことばかり考えてしまっていたが、春休みの実友とは違って、桐沢にとって今日は単なる週末にすぎない。明日からはまた会社があるし、そもそも休日でさえときどき、電話で呼ばれることもある。

二十四時間体制の部署があるとかで、そちらで起こるトラブルには平日も週末も関係がないのだ。

「うん？　まあ暇よりいいさ。四月から組織を改編しようってことになってな、そっちの準備作業なんかもいろいろと」

桐沢の亡兄がたちあげたときは数名だった人数も、規模の拡大に伴って当然ながらに増えてくる。治安の悪化という状況もあり、望むと望まざるとに関《かか》わらず会社は成長し、今までのやりかたではどうにも限界がきていた。

「このところ会議ばっかりで、会議嫌いだ面倒だっつって天城はガキみたいに文句垂れやがるし、開発と営業とで喧嘩《けんか》するわでちっとも先に進みゃしねえ」

苦い口ぶりで言って長々とため息をついたのは、その光景を思いだしたせいだろう。

桐沢の説明を、実友は黙って聞いていた。彼の話を聞くのは好きだし、できる限り知りたいとも思う。けれど桐沢はどうだろう。こんなとき、未《いま》だバイト経験すらない実友では、話し相手にもならないのじゃないだろうか。

彼はきっと、実友など比較にならないほど大変なのだ。父の発言に狼狽《うろた》えている実友とでは、抱えた責任の重みが段違いだ。

進路の相談などで煩わせちゃいけない。やはり彼には黙っておこうと、実友はあらためて心に決めた。

目をやれば、桐沢のどこか疲れた顔がある。さっき呑んでいたのだって、仕事の鬱屈《うっくつ》がたまっていたのかもしれない。

「そういや、天城からは相変わらず連絡あるのか」

重くなった雰囲気を嫌ってか、桐沢が口調を変えた。

「ありますよ。電話はたまにですけど、メールはわりと多い、かな。旅行中も『蟹送って』って電話きました」

実友が答えると、桐沢は大仰《おおぎょう》に渋面《じゅうめん》をつくった。

「あんまり甘やかすな。キリがない」

「甘えてるのは俺のほうですよ。つまらない愚痴とか、訊いてもらっちゃってるし――」

短い期間でも一緒に暮らしていた気やすさと、天城のもつ独特のフランクな気配もあって、たあいのないことでも話せてしまう。

「俺には言わないのに？」

ふうんと鼻を鳴らした桐沢に、実友は慌《あわ》てて手を振った。

「たいしたことじゃないですよ。タイミングとか、あるし。マラソンでくたくただとか、授業が難しくて困ったとか、そういう話ばっかりです」

「俺の悪口で盛りあがってるんだろ」

眼前に顔を近づけてきた桐沢は、「白状しろ」と笑いながら言った。

「言ってませ……ひゃっ」

そのまま彼は実友の首筋に唇を滑らせ、ちらりと舐《な》めあげてくる。柔らかくぬめる感触に、ぞくっと背筋がおののく。

「俺は親元だからって遠慮してたのに、電話したって？」

唇を耳朶《じだ》から首の付け根へと往復させながら、桐沢は囁《ささや》くように言った。

「あ、のっ」

カシミアのセーターとその下に着ていたインナーがたくしあげられ、裾《すそ》から桐沢の手が肌をくすぐってくる。冷えた指の腹がウエストをたどり、その冷たさにだけじゃなく、実友の身体がぶるりと震えた。

「で、電話はっ！　だから買いもの頼まれただ……っ、けでっ」

ざらりとした指の感触がたまらず、実友はとっさに目を瞑《つむ》ってしまう。きゅっと軽く脇腹《わきばら》を抓《つね》られ、声がうわずった。

「なるほど。それで、買ってきてやったのか」

「う、…うん。生ものは送っておい、…たけ、どっ」

チノパンツのウエストボタンが外される。緩んだそこへ滑りこんだ指がそのまま、下着の縁をなぞって動いた。ときどきゴム部分をぱちんと弾《はじ》く。

悪戯《いたずら》にしては濃厚な刺激を与えられ、実友は膝頭《ひざがしら》を合わせて強く力を入れた。そうしていないと、おかしな気分になりそうだった。

「桐沢さんっ」

「うん？」

慌てた実友にも、桐沢は涼しい顔のままだ。もがいて逃れようとすれば桐沢の腕が実友の腰にしっかりとまわり、よけいに身体が密着する。

「あ、のっ」

（このままじゃまずい、のに…っ）

合わせてぴったりと閉じた膝を、実友はしきりにもぞもぞと動かしていた。その動作を見ても桐沢がわからないはずはないのに、彼の手はまったく止まる気配がない。

どうにもならなくなるまえに、手をどけてほしいのに、手は平らな腹部や腰のあたりをしきりに撫でてくる。

「うーん、冗談のつもりだったんだが、触ったらやめられなくなってきた」

「って」

「このまま、……駄目か？」

やめられないなどとは言いつつも、桐沢の様子にはまだずいぶんと余裕がある。実友は恨みがましげな目で彼をじっと見つめた。

火照《ほて》りはじめた身体は、今やめてしまえばおさまる程度だ。けれど、したくないと言えば嘘になる。

（でも、どうしよう）

自分はともかく、桐沢は疲れているようだ。明日からはまた仕事なのだし、ゆっくり眠ったほうがいいんじゃないかと思う。桐沢のいつも以上に鋭い目元や削《そ》げた頬が気になって、うなずいていいものかどうかと躊躇った。

実友の大丈夫があてにならないというなら、桐沢も同じだ。以前、とある事件に巻きこまれたとき、桐沢は実友を案じてずっと傍についていてくれた。通常の業務をこなしながらそれ以外の時間のほとんどを実友の傍でついやした彼は、限界まで睡眠時間を削り神経を張りつめさせていて、ことが済んだ直後、倒れてしまったのだ。

頽《くずお》れた桐沢を目の当たりにした瞬間の衝撃は、今も忘れられないでいる。

「実友、返事は」

黙ったままの実友に、桐沢はするりと手を奥へくぐらせ、熱くなりはじめている性器をごく軽く撫でてくる。

「ひゃっ」

ずき、とその部分が疼《うず》く。

「うー……。桐沢さん、疲れてるんじゃないんですか」

訊ねてもそうと言わないだろうとわかってはいても、訊かずにはいられない。

「俺？　今日一日だらだらしていたから、全然。体力は余ってるけど、そうだな。足りないっていうなら、実友が不足してる」

だから触らせてと重ねて囁かれ、実友はごくりと喉を鳴らした。

桐沢とのセックスはこれが初めてじゃない。それどころか旅行の前夜も彼とすごしたというのに、高鳴る心臓をこらえきれない。

いつも、初めてのときと同じくらいどきどきしてしまう。

「ここじゃ、嫌です」

「了解。キスマークは解禁？」

もとから見えるところには痕《あと》を残さないようにしていたが、旅行まえは、万が一にも父にばれては大変だからと、他のところにもつけないように気をつけてもらっていた。

くくと笑いながら、桐沢が実友の耳朶を食《は》む。尖らせた舌がつうと耳殻《じかく》をたどり、くすぐった。

「も、いい…です。しばらく春休みだし」

着替えで誰かに見られる心配もない。ただ、一日二日で消えるものでもないので、あまり目立つところは避けてほしいとだけ言った。

一人でいるとき、身体に残る痕を目にして、無意識にそのうえをなぞっている自分に気づくこともある。

(痕つけられるのが嬉しいなんて、変かな)

まるで、実友が桐沢の恋人であるというしるしのようで、肌に残るそれを眺めるたび、やけに嬉しくなってしまう。

ずりさがるボトムを元に戻してから、桐沢と一緒に寝室に入った。桐沢はエアコンをつけ、照度をぎりぎりに下げた明かりを点《とも》した。

大柄な身体で普通のサイズでは厳しいから、桐沢のベッドはとても大きい。彼が仕事で家を空けているときも、実友は頼んでときどきここで眠らせてもらうことがある。そうすると、まるで彼に包まれているような気がして、ずいぶんと安心できた。

四年前、父が転勤になる以前から、父と二人でいてもろくな会話もなく、そもそも父は家に長い時間いることもなかったから、いつも実友は一人でいるようなものだった。だから淋しさに慣れすぎていて、それが『淋しい』という感情であることすら、わからなかったくらいだ。

それが桐沢と知りあって、誰かと二人でいる、身近に自分に心を傾けてくれる存在があるのだと覚えてからのほうが、一人の時間が長く感じるようになってしまっている。

(俺って、こんなに甘ったれだったのかな)

桐沢を失ったらどうなるんだろう。想像しただけで、ぞっとする。

ベッドに膝をついて乗りあがりセーターを脱ごうとする実友の手をとめ、桐沢が首からそれを引きぬいた。続いて、彼の手がフラノ生地のシャツのボタンにかかる。

「自分でするのに」

「脱がすのが好きなんだ。やらせてくれ」

実友の身体から丁寧に、衣服が剝《は》がされていく。上半身を露《あら》わにしボトムのウエストも緩められると、桐沢も自分のセーターを乱暴に脱ぎすてた。

あらためて抱きよせられると、ひやりと冷たい手が背中にあたる。

「桐沢さん、手、冷たい」

「あぁ、そうだな。酒呑んでるのに」

「やっぱり、疲れているんじゃないんですか」

いつもはわりと温かいのに、今日はいつになく冷えている。

神経が疲れると手足が冷たくなると、聞いたことがあった。

「気になる？」

「そうじゃ、なくて」

気を張っていたのじゃないかと続けようとして、実友は言葉を喉の奥へ呑みこんだ。ストレートに言っても、否定されるに決まっている。

「すぐ温まるだろ」

そのぶん実友が温かいからと笑って、桐沢が実友のこめかみに口づけてくる。そのまま、彼の乾いた唇は頰をすべり、唇へと届いた。

「ん……」

じゃれるように、表面同士が擦れあう。もっと深く欲しくなって唇を薄く開くと、そこから桐沢の舌がぬるりと入ってきた。

「……ぁ……、ん」

唇を重ねたまま、実友の身体はそっとベッドに押したおされ、柔らかなシーツに受けとめられた。

桐沢が実友の上に覆いかぶさり、実友のボトムを下着ごと引きおろしてベッドの下に落とした。ぱさ、という音が、やけに大きく響く。

「寒いか」

身体を丸めた実友に、桐沢が訊ねてくる。寒いよりも彼の目に身体を晒《さら》す恥ずかしさからだったが、低い室温に冷えるのもたしかだ。

「ちょっとだけ。でもエアコン入ってるから――」

体温で包もうとするように身体ごと桐沢に抱きしめられ、脚の間を膝に割られる。求められ、脚をそっと開いた。

「んっ、……ぅう」

舌を絡める濃厚な口づけに、頭がくらくらしてくる。舐められている場所が気持ちよくて、寒さに強《こわ》ばった身体がとろんと和らいだ。唇を重ね口腔《こうこう》を弄《いじ》られるのがこんなに気持ちいいなんて、桐沢にされるまで知らなかった。

口づけも、セックスも。どうしようもなく熱くなった身体をもてあますあの感覚も、なにもかも彼が実友に教えたことだ。

桐沢の手が実友の細い肩を包み、そこから腕へと這《は》いおりてくる。いつもとは違う指先の冷たさが、やけに気になってしまう。

「実友はいつも温かいな」

じっと彼の手を眺めていたのに気づいたらしい桐沢が、苦笑して手のひらを開いたり閉じたりと繰りかえしてみせる。

「そう……ですか？」

「若いから、代謝がいいんだろう」

「桐沢さんだって、まだ俺を『若い』とかいう歳《とし》じゃないでしょう？」

おとなの印象は強いものの、少なくとも体力面では実友より遥《はる》かにタフだし、強い。

「そうでもない。実友といるとときどき、な。なんせ歳の差は倍近いだろ」

呟くように言って、桐沢が嘆息した。

「気になりますか。あの俺、桐沢さんから見たらすごいガキっぽいって、わかってるんですけど」

「そういう意味じゃないよ」

もっとおとなの、彼につり合うような年齢ならいい。彼の目から見ればきっと頼りなく、あれこれといたらない部分も多いだろう。自覚してはいるが、けれどこればかりは、実友にはどうしようもないことだ。

（もうじき、誕生日だけど。それでもまだ十八歳だし）

「あ、の」

口を開きかけると、話はこれまでとでもいうように、桐沢が実友の唇を彼のそれで塞《ふさ》いだ。声を奪われたまま、あちこちに冷たい手が触れていく。リビングでふざけていたときのように腰のラインをたどられ、平らな腹部を手のひらが這いまわった。

「……ゃ、んっ」

胸を撫でていた手が、小さな乳首を摘《つま》む。まだ柔らかいそれを指で挟み、擦るように揉んで、軽く引っぱった。

びくっ、と実友の腰が跳ねる。彼に触れられるようになってから、そこはひどく敏感になっていた。軽く擦られただけでも震えてしまうくらいで、そのくせ、いつまでも放《ほう》っておかれると、触ってほしくてうずうずとむず痒《がゆ》くなってきてしまう。

きゅうっと硬く凝《こご》ったそれが爪《つめ》に弾かれ、電流のようなものが背骨を走りぬける。大きく腰がうねり、シーツに深く沈みこんだ。

「あぁ…っ、そ、こ…、だめっ」

胸を弄られて、性器までがずきんと感じた。そのまま、じわじわと痛痒感《つうようかん》が広がっていく。鼻にかかった甘ったれた自分の声が淫《みだ》らに聞こえて、実友は自分の口を手の甲で塞いだ。

片方を指に、もう片方は唇に悪戯され、脚の間では膝が、兆しはじめた実友のものをつついてくる。

身を捩《よじ》って逃れようにも、しっかりと上からのしかかられていて、たいして動けはしなかった。

性器の先端が潤んでくるのがわかる。じわと漏れだした体液の雫《しずく》が、茎を伝い落ちた。

乳首を唇に含まれ、くちゅくちゅと音をたてて吸われる。強く吸われ微《かす》かな痛みを感じさせられたあと、宥《なだ》めるように広げた舌で全体を撫でられた。

歯で擦られ、周囲をぐるりと抉《えぐ》られる。執拗《しつよう》に弄られつづけて硬く尖った先端は、息がかかるだけでもじくじくと疼いた。

「ああ、もう濡れてきた」

桐沢はちらりと脚のほうへ目をやり、実友のそれが昂《たかぶ》っている様子を口にする。

「言っちゃ、嫌…だ……っ」

あんなものを桐沢に見られている。何度そうされていても、やっぱり恥ずかしかった。まして自分ばかり昂っているなんて、我慢のきかない子どもだと知らしめるようで、みっともない。

桐沢の腕が下がり、実友のそれを包んだ。軽く握って上下し、湿った音をたてて茎を扱《しご》いてくる。ときどき親指が先端の丸みを擦り、敏感な皮膚を刺激する。

「そん……、だ、……め……ぇ…っ」

(そんなに、されたら……っ)

いくらも保《も》たない。勝手に一人で達してしまうのにと、実友はじたばたともがいた。

「どうした。嫌か？」

「そ、じゃ……なくて………」

感じすぎてしまうから怖い。いつになく性急な桐沢と、冷たいままの彼の指。それと——おそらくは父に突きつけられた選択肢に惑っているせいで、おかしなくらい感じてしまう。

このまま溺《おぼ》れて、つかの間でもいいからなにもかも忘れたいと思う気持ちが、身体を暴走させてしまっているのかもしれない。

けれどそれを桐沢には伝えられなくて、どう言えばいいかと口ごもった。

「手が、冷たい、から」

はふ、と息をついて言い訳にもならないことを告げると、桐沢は目を丸くし、くっとふきだした。

「まだ冷たい？」

そう言って、桐沢の空いた手が実友の唇をつついた。

指先は相変わらず冷たいままで、だから実友はこくんとうなずく。張りつめて疲れた神経を休ませてあげることはできなくても、せめて指先だけはと、その手をとって彼の指をそうっと包み、擦った。

「なんか、変で。いつもの桐沢さんじゃないみたい、だから――」

じっと、桐沢が見ている。自分のしていることが間が抜けているように思えて、実友は早口で言った。

「結構、温まらないもんだな。それより、実友」

言って、桐沢がふたたび実友の身体をシーツに縫いとめる。そのまま、彼は実友の手をとって手早くくつろげた自分のデニムの中へと招いた。

「どうせなら、こっちもあったためて」

「な……っ」

にやりと笑いながら言われて、実友は一瞬、固まってしまう。

手のなかに、彼のものの感触があった。

いつもしてもらうばかりだ。桐沢ほど上手くはないが、自分がなにかできるなら、それで彼が少しでも気持ちよくなってくれるならいいのにと思う。

(俺だけより、いいよね)

ごくりと喉を鳴らしたあと、実友はそっと手を動かしてみる。まだ柔らかいそれをおぼつかない手つきで触り、昂らせようと指を使った。

「……驚いたな」

「なにが、ですか」

そんなに下手《へた》なのだろうかと、実友はおずおずと桐沢を見あげた。

「ちょっとした冗談、だったんだけどな」

「え……っ」

まさか本当にするとは思わなかった。そう言われて、実友はカアッと顔を赤らめた。耳まで赤くし、慌てて手を離そうとすると、桐沢の手が上から押さえてきた。

「そのまま続けて。嫌じゃないなら」

促すように、手を軽く握られる。「こうして」と言いながら、実友の手を包んだまま、彼が手を上下させた。

ぴくん、と手のなかのものが動いた。

(感じてくれた、のかな)

どうすれば桐沢が感じてくれるのかわからない。彼がしてくれるほど実友は上手くないし、同じ男だとはいえ、感じる部分ややりかたまで一緒だとは限らないだろう。

それでも、拙《つたな》い愛撫《あいぶ》でも反応してくれるのが嬉しくて、実友は熱心に手を動かした。

芯《しん》をもち形を変えていくそれの変化が、まざまざと手のひらに伝わる。熱を孕《はら》み片手では握りきれないくらいになるころには、だんだんとこつがわかってきた。

(ここ、と……)

括《くび》れたところと、裏側に筋のように浮きでた部分。強く反応するところを見つけて、実友はそこを丹念に弄った。熱いくらいのそれに触れていると、実友までが奇妙に興奮を覚えてしまう。

どきどきして、放っておかれたままの自分のものや、それに奥の彼を受けいれるところまでがもぞもぞともどかしくなってきて、無意識にそこに力を入れ、きゅっと締めていた。

どうしよう。どうしたらいい。手にしている彼の性器が奥を貫いてくるときの感覚までが思いだされてしまって、じわじわと快感が神経を浸食していく。このままじゃおかしくなりそうだと混乱しているくせに、けれどそれから手が離せない。

狼狽える実友をよそに、肩口や鎖骨《さこつ》を、桐沢の唇がたどっていく。実友以上にその身体を知りつくしている彼が、感じる部分ばかりを執拗に愛撫した。

ぬめる舌や温かい口腔が、尖りきった乳首やその周囲を弄る。手は腰を摑《つか》み、尻《しり》を摑んで緩く揉んできた。ぞくっと肌が粟《あわ》だつ。

尻の柔らかい肉を揉みしだかれると、たまらなかった。じっとしていられなくて、シーツの上で身体をのたうたせた。身じろぎすると実友のものが彼の身体にあたり、擦られて、余計に感じさせられるはめになる。

「あぁんっ」

桐沢の長い指がすっと伸び、尻の中央へ届く。肉の狭間《はざま》へ入り、そこを撫であげてくる。

ひく、と実友は喉を仰《の》け反《ぞ》らせた。

「続けて……？　実友の手は気持ちいい」

「は、い……っ、んんっ」

ジェルが足され、指が奥に触れる。窄《すぼ》まった後孔の入り口をぐるりと巡って、刻みを広げて濡らした。まだ硬いそこを和らげようと、そうっと指が蠢《うごめ》いていた。

恥ずかしいのに、はしたないのに、腰が勝手に揺らいで彼の指を奥へと誘おうとする。もう実友の手は桐沢のそれをただ包んでいるだけの状態になってしまったが、彼は咎《とが》めなかった。

襞《ひだ》を軽く押され、先端が入ってくる。息を逃がして緩めなければと思うのに、早く早くと急く身体に力が入って、なかなか上手くできない。

「や、……も、……なんで……っ」

やっぱり今日の自分はおかしい。どうかしていると、実友は泣きだしたいような気分だった。気持ちと身体がばらばらで、神経が絡まったように混乱しきっている。

「慌てなくていい。……ほら……ゆっくり」

何度も口づけながら、桐沢が囁く。頬や眦《まなじり》に甘く唇が触れて、強ばった実友を宥め、和らがせていった。

「ごめ、なさ…い。俺、なんか、今日……へん……でっ」

でも欲しい。だからやめないでと、実友は引きつった声で告げる。

「やめろって言われてもとまらないから、安心して」

「ん。……う、ん」

がくがくとうなずいて、自分から顔を寄せる。求めれば与えられる口づけに夢中になって、貪《むさぼ》るように重ねあわせた。

「――――っ」

指が侵入してくるのを感じながら、舌を絡めあわせる。痛いくらい強く吸われて、ざらりとしたそれで表面を撫でられる。上顎《うわあご》をくすぐられ、頬の肉を抉るようにつつかれた。

「ふ、む……んぅ……」

奥に入ってきた指は後孔が異物に馴染むのを待って、動きはじめた。少しずつ進んで、内襞を擦り、また退いていく。縁のぎりぎりまで下がってはずるりと挿入され、ぐるりと回された。

まるでそれが舌にかき回されている口腔の感覚と連動しているようで、どちらでどう感じているのか、次第にわからなくなっていく。

拒んでいた内襞が指に慣れ、ざわざわと蠢きだす。実友を少しも傷つけないように、桐沢はいつも、じれったいくらい丁寧にそこをくつろげてくれる。

何度もジェルが足され、奥が濡らされた。滴るほどのジェルが、指の動きに合わせて濡れた卑猥《ひわい》な音をたてた。

「どう……？」

「きもち、い……です……。あぁあんっ」

浅いところにある感じる場所を、指の腹がぐうっと抉った。

腰がくだける。内側から蕩《とろ》けていく。なにかが、奥からどろりと滲んでくるようだ。

一本だけでは足りなくなってきて、実友は指をぎゅうっと締めつけ、腰を揺らした。指が増やされても今度は拒むことはなく、柔らかくそれを迎えいれる。

もう彼のものを触ってさえいられず、腕はぱたりとシーツに投げだしていた。ぱたぱたとシーツの上を叩いて、生地をぎゅっと摑む。

「だいぶ柔らかくなってきた。もう少しか」

「そ、んな、のっ」

わからない。ただ弄られているところがひどく熱くて、どうにもならないくらい疼いている。指で擦られると自分のものじゃないような声が、喉からこぼれでていってしまった。

胸は荒い呼吸に忙《せわ》しなく上下し、肌にはじっとりと汗が浮かぶ。流れていく汗さえも、跳びあがるほど感じてしまうくらいだ。

「い、……。す、ごく………い、い」

譫言《うわごと》めいた呟きに、桐沢が小さく笑う。たっぷりと吸われた唇は痺《しび》れてひりひりと痛むのに、舐められると嬉しくてもっととねだった。

触れられて、暴かれて。この時間だけは、実友は実友のものじゃない。気持ちも身体も全部、桐沢に預けきってなにか違う生き物に変わっていく。

桐沢が好きだというただそれだけが、実友をつき動かすのだ。大切に抱いてもらえるそれ自体が幸せで、ずっとこうしていられたらいいとさえ思う。

中をばらばらにした指で弄られると、昂りきったものが限界まで張りつめて苦しくなる。それでもまだ、終わりたくなかった。

(もっと。……もっと、欲しい)

さっき手にした桐沢の熱塊の感触は、まだ生々しく残っている。あれを奥に入れられて、ぐちゃぐちゃにされるときの怖いくらいの快感が欲しくて、達してしまいそうになるのを必死でこらえた。

「あ、の……っ、も……っ。きりさわ、さん……」

「欲しい?」

「だいじょ、ぶ……だからっ」

わかっているだろうと喘《あえ》ぎまじりに訴えて、それでも足りずに彼の腕をぎゅっと摑んだ。

たっぷりと濡らされ蕩けたそこから、そっと指が引きぬかれた。

額《ひたい》に軽い口づけが送られ、腕をひかれて上半身を起こされた。

「このまま、な」

意味がわからず潤んだ目を瞬かせた実友に、桐沢が膝の上に座るようにと言った。

「そのほうが、深くなる。できる？」

「は、い」

この体勢は初めてじゃない。うなずいて、実友は彼の膝を跨《また》いだ。背中を彼の胸元に預けるようにして、抱えあげられた身体が、ゆっくりと桐沢の上へとおろされていく。

「ひっ……」

ずっ、と奥深くまでそれが突きささる。内側から身体を拡《ひろ》げられた。痛みはないが、腹の中が重苦しいものでいっぱいになっていた。

「……ぅ、あ………っ」

しっかりと腰を摑まれ、軽く揺すられると、どろりと蕩けそうなほどの愉悦に襲われる。はっ、はっと短い呼吸を繰りかえし、実友は呑みこんだ熱塊をぎゅうぎゅうと締めつけた。

「痛い？」

「へ、き……です。でも、すごく……あつ、く……て」

桐沢さんのが、熱い。舌足らずの子どものような口調で言うと、桐沢が実友を抱きよせたままで笑う。

「そういうことを言うと、あとが大変だって覚えてないのか」

「だ、って」

本当だから。熱くて、大きくて、苦しいけどすごく気持ちがいい。快感に溺れきったまま呟くと、桐沢が実友の耳を軽く囓《かじ》った。

こういうときの彼は少し怖くて、でもどこまでも甘い。だから煽《あお》るなと言われても、こぼれでる言葉はとまらなかった。

「まったく。ここはこんなだってのにな」

言って、桐沢が実友のものを摑んだ。

「……！　そこ、駄目……ッ」

悲鳴めいた声をあげても、手の力はなおさら強くなるだけだ。漲《みなぎ》ったものがぎゅっと擦られ、先端の刻みに爪を立てられる。

神経を直接弄られたような鋭い快感が突き抜け、ぶるりと大きく胴震いする。

「い、や……っ。だめ、って……………っ。……ああああああっ」

限界までこらえていたものが弾けた。体液がびゅうっとこぼれていく。ぎゅっと身体が強ばり、次の瞬間、がくんと弛緩《しかん》した。

ぞう、っと産毛が逆立つ。全身の血液がそこに集まり、一気に隅々まで放たれていく。まるでどこまでも沈みこんでいくようだ。ぴったりと肌を合わせて抱かれているのに、感覚だけがなにもない場所へ墜《お》ちていった。

「って、言った……のに……っ」

激しすぎる快感に翻弄《ほんろう》されて、感情が制御できない。しゃくりあげながらひどいと言うと、桐沢は眦に浮かんだ涙を舌で拭った。

「一度イッておかないと、あとがきついぞ。俺は一回でやめる気はないからな」

「……っ、ぅ」

言葉とは相反して優しい手が、実友の乱れた髪を梳き流した。くるくると一房とって巻きつけ、さらりと離し、そっと頭皮を揉む。大きな手で心をそのまま撫でられているようなそれに、激情がゆっくりと鎮まっていった。

まだ、桐沢が中にいる。もぞりと動くとそれがびくっと動いて、存在を主張した。ひきつけめいた呼吸も収まってくると、泣いたことが猛烈に恥ずかしくなった。消えてしまいたいくらいだが逃げ場などなくて、実友は桐沢の首筋に顔を埋めた。

「…………」

なにか言おうと思うのに、声が喉からでてこない。実友はひたすら桐沢の腕にしがみつき、顔をすり寄せるばかりだ。

桐沢の逞《たくま》しい喉元が目に入ってくる。目に映ったそれをぼんやりと眺め、実友は吸いよせられるようにそこへと唇を近づけた。舌で舐めると、微かに塩辛い汗の味がした。それなのに、ずいぶんと甘いように感じて、実友は熱心に舌で掬《すく》いとっては呑みこむ。

じっと黙ったままの桐沢が、実友の肩をそっと包んだ。その手がそのまま実友の顎をとり、上向かせてくる。

「――……っ」

唇ごと奪うように重なった。そのまま、桐沢が実友の身体を揺すってくる。空いた手に放ったものに濡れた性器を摑まれ、ぐりぐりと弄られる。

ひくんと跳ねる身体はすぐにまた彼の上に落とされ、奥深くまで貫かれたまま、奥をぐるりと大きくかき回された。

「んっんっ、……む、うんっ」

放つ声は桐沢の口腔に呑みこまれる。性器と後孔とを同時に愛されて、冷めかけていた身体の熱がふたたび広がりはじめた。

尻をぴったりとつけたまま奥をかき回され、身体がぐらぐらと揺れる。少しも離れたくはなくて、実友は彼の首筋へと腕を伸ばした。

「お、く……が」

「うん?」

桐沢の声もわずかに掠《かす》れている。彼も自分の身体で感じてくれているのだと思った。それがさらに、実友の身体を追いあげていく。

一度達した身体はひどく敏感になっていて、肌を撫でられるたび、びくびくと震えてしまう。

ぐずぐずに蕩けたそこを大きなものが暴きたて、桐沢しか知らない場所を抉られた。動きはだんだんと速くなってきて、じっとしていられない。

桐沢に合わせて、実友もおずおずと腰を振った。どうすればいいだとか考えるより先に、勝手に身体が動いていている。

「あ、っ、奥の、とこ……っ、あた、る」

「ああ。実友のいいところにあたってるのか」

「うん、……うんっ」

ここがいいのかと言われてうなずけば、桐沢は実友の膝裏を摑み、大きく持ちあげてしまう。

「ひぁ…っ。こ、んな格好……っ」

濡れて昂ったものも、桐沢を銜《くわ》えこんでいる部分も、彼の眼前に晒される。脚を閉じようとすれば、タイミングを見計らって大きく下から突きあげられた。

「やぁっ。こ、こん……な、っ、やっ」

「いいから、このまま——」

感じていて可愛いからと、桐沢が言った。もっと見せてとねだられたら、実友は彼に逆らえない。

「ぁ……、あっ、はっ」

せめて視界から消しさりたくて、目を硬く瞑った。けれど瞼《まぶた》の裏には目にした淫らな光景がくっきりと焼きついている。今なにをどうされているのか、却《かえ》って体感を激しくさせてしまうばかりだ。

「も、いい。そこ、も……弄っちゃ……や……っ」

性器を弄られ、またいってしまうからと泣きながら言えば、何度でもと声がそそのかす。頭の片隅でなんて淫らなと思うくせに、腰が揺れるのをとめられなかった。

「い、く……っ。また、い……ちゃ、…………っ、は、ぁあああんっ」

ぎゅっと腰を押しつけられた瞬間、身体が限界を訴えた。どうにかこらえようと思うのに、きりなく深いところを熱塊に擦られ、ひくりと息がつまった。

「や、あ、……ぁ、い……く…………………っ」

つま先が丸まる。閉じた瞼の裏が赤く染まって、実友はふたたび絶頂を迎えた。

「――――っ」

喉奥で唸《うな》るような声が、耳を掠《かす》める。ぎゅうぎゅうと締めつけた実友の身体の奥深い場所で、桐沢も精を迸《ほとばし》らせた。

「あ、――ぁ………」

どろりと流れでる体液が、奥をひたひたと濡らしていく。ぐったりとした身体を桐沢に預けた実友に、彼は甘すぎる口づけをくれた。

桐沢が滲ませた汗が実友の肌を伝い、実友のそれと混じりあって流れていった。


放課後の廊下を、実友は肩を落として歩いていた。

四月になり、校内は一気に受験ムードが高まっていた。クラス編成が成績別なのはもとからだが、最高学年の今年度は「進路別」というカテゴリも加わっている。

進路指導の教諭に呼びだされた実友が憂鬱を抱えて教室に戻ってくると、矢上《やがみ》が机の縁に腰かけ、面倒くさそうに問題集をぱらぱらと捲《めく》っていた。

「お疲れ」

「遅くなっちゃった。ごめん」

音をたてて問題集を閉じた矢上が、「別にいいよ」と言って肩を竦《すく》めた。

「んーで、用件はなんだった」

矢上に訊ねられ、実友はため息をついた。用件は訊かずともわかっているらしい彼は、その様子ににやにやと笑っている。

「ま、この学校で三年にもなって希望進路未定なんての、河合くらいだからな」

始業式直後の進路調査で志望校を白紙提出したせいで、これが二度目の呼びだしだった。まだ決まらないのかと、呼びだした教師もさすがに呆れているようだった。

(まだ、って言われても)

あとで変更もきくのだし、とりあえずでいいからとも言われたのだが、未だ空白は埋まらない。

北海道か、東京か。それが決まらない限り、「とりあえず」もなにもないのだ。また、書いてしまったらそれが決定になりそうで、決心がつかずにいる。

「そういう矢上だって、先生に相当絞られたんじゃないの。なんでこのクラスなんだ、ってさ。国立、勧められたんだろ」

実友が言うと、矢上は嫌そうに顔を顰《しか》めた。

「勧めるなんてモンか、あれが。ほとんど脅しか泣きおとしだぞ。しまいには受けるだけでいいからってなあ、んな面倒くせえこと誰がするか」

「しょうがないよ。よりによって最後の試験で一位取っちゃったんだから」

矢上は二年の三学期、中間期末ともに、総合成績で学年トップだった。それまでも常に上位にはいたが、二回連続の一位はこれが初めてだ。

「マジでやったらどんなもんかと思って、真面目《まじめ》に勉強してみただけだ。進路はもとから決めてんの」

「それ、他の奴に聞かれたら恨まれるよ。みんな必死なのに」

「おまえ以外はな」

「俺だって、真剣だよ。……一応は」

「一応、だろ。でもなんでそんな迷ってんだ。そろそろ期限きられたんじゃないのかよ」

「これが最後だって。来週は絶対提出しろって怒られた。今日、金曜日なのに、時間なさすぎだよ」

「当然だろ。おまえがトロいの」

適当に書いておきゃいいだろうと、ここでも言われてしまう。

父との間がこうなる以前は、ただひたすら父の機嫌をとりたいだけだった。もし、あのころに北海道へ来いと言われていたなら、一も二もなく承知していただろう。そもそもこの高校だって、小学校のとき、父がなにげなく勧めたのに飛びついて決めたのだ。

中高一貫の教育制度のおかげで高校受験は免れたが、そのぶん、毎回の試験はとても厳しい。父が恥じない子どもでいたくて、勉強には手を抜けなかった。

もっとも、実友には他に趣味もなく、時間を潰《つぶ》す手段さえ思いつかなかったせいで、暇だったせいもある。

「来週の火曜日、と。忘れないように書いておかないと」

鞄《かばん》からスケジュール帳を取りだし、今月の予定ページを開いた。

「へえ、いいの持ってるじゃん。それ、革だろ」

学生手帳がスケジュール帳兼用となっているから、去年までは実友もそちらを使っていた。

四月スタートのこれは、もちろん自分で買ったものじゃない。

「うん。天城さんがくれたんだ」

デスクカレンダーと同じデザインのスケジュール帳は、「受験生になったお祝い」という不思議な理由で天城からプレゼントされたものだ。桐沢の解説によると、文具マニアの天城が使いもしないのに気にいって買いたかっただけ、ということらしい。革のカバーがついたバインダー式になっていて、リフィルを入れかえればずっと使えるものだ。

「これを全部使いきるまでに、進路決まってるといいんだけど」

「決まってなかったらそりゃ『浪人生』ってやつか」

「うわ、不吉なこと言うなよ」

「河合って案外ぼーっとしたとこあるからな。あり得ない仮定じゃないだろ」

「ひどいな。さすがにこんな大事なこと、ミスったりしないよ。それより、神野《かんの》はどうしたの」

三年になって、同じクラスに新しい友人ができた。矢上とは以前から知りあいだったらしい。神野はこの学校にしては珍しいくらいににぎやかな男で、最初のうちは矢継ぎ早の言葉の多さに圧倒されてしまったくらいだ。

　家が病院を経営しているという彼は、理系が苦手らしく、医師になるのは早々に諦《あきら》めたと言っていた。その代わり、将来は経営を手伝うことになるらしい。

　今日は二人で、神野の勉強を手伝うことになっていた。家庭教師にだされた数学の課題が、難航しているとかで、手伝えと頼まれている。

「先に図書室行ってできるだけやっとくって。まあ殊勝な心がけだな」

「受験科目に数学なんてないのに、わざわざカテキョーつけてやってるんだっけ」

「そ。経営者になろうって奴が、数字に弱いんじゃ話になんないだろ。そんで親に押しつけられたんだとよ」

　あっちもこっちも大変そうだ、と、こちらはオールマイティに優秀な矢上が笑った。

「矢上、数学好きだよね」

「答えが一個ってのはわかりやすくていいだろ。まあ、趣味で」

「趣味、ね」

　話しながら、実友の頭では将来という言葉がぼんやりと浮かんでいた。

　この先の自分など、いくら考えても想像できない。小、中、高校とあがってきて、ここで初めて自分で考えろと突きはなされてしまった。もっと以前からきちんとでも夢見心地にでも考えていた人間もいるのだろうが、実友にとって大学、そして卒業後など、遠すぎる未来だ。

（大学一つ、決められないでいるのに）

考えただけで、またため息がこぼれる。

「神野は家を継ぐって言ってたよね。矢上は、決まってるの」

「俺？　俺はガキのころから決めてた。弁護士さん」

「へえ、すごいね」

なるほど終始落ちついている矢上になら似合うだろうと得心する。その実友に、矢上が苦笑を浮かべた。

「すごかねえよ。単なる、親父への対抗意識ってやつだし」

「対抗って？　ええと、訊いてもいいのかな」

「別にいいぞ。おまえんとこみたいに、冷戦状態ってんでもないしな。今から考えりゃあたりまえなんだけど、俺より親父のほうがメシのとき、おかずの量とか種類とかが多かったんだよ。そんで、狡《ずる》いって文句言ったら『悔しかったら俺より偉くなれ』だって。うちの親父って、警察のお偉いさんでさ、だったら弁護士になって、ばんばん無罪勝ちとってやろーじゃないのって、そんなもん？」

同じ土壌ではつまらない。警察にサシで戦えるのはなんだと調べたら弁護士にいきついた。子どもの単純な思いつきではあったものの、そのままずるずると目標であり続け、今に至っているのだと言った。

「それって、……なんて言えばいいのか」

崇高な目標なのかと思いこんでいただけに、どう言っていいやらわからない。脱力した、というのが一番正直なところだ。

「なんもかんもねーよ。そんなもんだろ、だいたい」

「そうなのかなあ」

おまえは肩に力が入りすぎだと、矢上が言った。

「いい会社入りたいとか、給料高いのがいいとかさ。いいんじゃねーの？　そんなもんで。いくら力んだって、どうせできることしかできないんだしな」

「悟ったこと言うね」

「親父殿の受け売り」

……なるほど。

そういえば桐沢や天城は社会人だ。彼らはいったいどうやって、今の仕事に就いたんだろう……？　父親については相談できないが、この程度ならいいかもしれない。

（今度会えたときに、訊いてみようかな）

四月に入った途端、桐沢は猛烈に忙しくなっていた。ほとんど毎晩、帰ってくるのは午前様という状態だ。必然的に実友とも、なかなか会う時間がとれない。いつでも家にいてくれていいとは言われているが、疲れているのに自分の相手までさせてはと思うと、なかなか会いに行けなかった。

顔を見られなくなって、そろそろ一週間近くが経《た》つ。隣に住んでいるのになかなか会えないなんて皮肉なものだ。でも隣家でよかったとも思う。いつでも会えると思うと遠慮してしまうから、不思議なものだけれど。

「そろそろ行かないと、神野が暴れるかな」

行こうかと言って、実友は鞄を取った。

「あ、ちょい待ち。さっきの祝いとやらで思いだしてたんだ」

これやる、と言って、矢上が鞄から紙袋を出し、実友に手渡した。見た目の小ささよりもずしりと重いそれは、金属の音がする。

「なに？」

「また忘れるとこだった。それ、もう二日も持ちあるいてたんだよな。今日渡すの忘れたら、また週明けに持ちこしになっちまう。あのさ、おまえ、こないだ誕生日だったろ」

「ああ、……うん。俺、話したことあったっけ」

実友の誕生日は四月の初めだ。十日もまえに終わっているのだが、わざわざ矢上に話した覚えはない。とはいえこの二年間まったく話題にしなかったとも言いきれず、実友はううんと首を捻《ひね》った。

「直接は聞いてない。おまえ、そういう話しないしな。ほらこのあいだ、車の免許の話してたろ。あんときに、年齢だけはクリアしたって言ってたからな」

「あー……。そうか十八歳」

プレゼントをやりとりするようなことは今までになく、父にさえ祝ってもらった記憶はない。実友はいったいなんだろうと思いながら袋を広げた。

「これ——」

中からでてきたのは長いチェーンが数本と、キーホルダーのついた小銭入れだった。

「鍵、それにつけとけ。チェーンは普段持ってる鞄につけて外すなよ。学校のと家の鞄のにそれぞれ合い鍵つかってくくりつけときゃ、いくらなんでも落とさないだろ」

どうやら、晩秋の鍵の一件を当てこすっているらしい。鍵を失《な》くして家に入れなかったという顚末《てんまつ》を話したとき、ずいぶんと怒られた覚えがある。

『そういうときくらい、俺を頼れよ。ったく水くせえ』

滅多に声をあらげない矢上に真剣に怒られて、妙な話だが嬉しかったのだ。学校では一番仲がよかったものの、そこまで、自分を気にしてくれているとは思いもしていなかった。

結局あのときは桐沢が助けてくれ、それでことなきを得たのだが、それとこれとは話が別、ということらしい。

「いくら言っても、なんでもかんでもポケット突っこむ癖直ってないだろ」

「癖なんだってば。携帯は気をつけてるけど」

これも二度ほど落としている。そのたび、すぐに見つかってはいるが、同じことを繰りかえすなと呆れられていた。

（そういえば、天城さんを紹介しろって言われてたんだっけ）

鍵のことで知りあって、しばらく家に居候することになった天城について、矢上に問われるままに話をしたら、どうやら興味を抱いたらしい。

機会もなかったし、引きあわせていいのかどうか迷ったのもあって、うやむやなままだ。

「ったく反省しろ反省」

「わかってるって。だからあれ以来、気をつけてるよ。それよりいい加減図書室行かないと、神野に怒られる」

短気な彼が痺れをきらすからと促して矢上の口を塞ぎ、二人で教室をでた。

「遅い！」

図書室のドアを開けた途端、室内中に響き渡るような声が届く。その場にいた全員の注目を浴びてしまい、実友と矢上とは小さくなってこそこそと神野の傍へ駆けよる。

「こんなところで怒鳴るな、莫迦《ばか》」

「莫迦がどうした。その莫迦が困りきってんだから、友情で助けろよ」

「えらそーになー……」

やれやれと首を振って、矢上が神野の正面に座る。実友は神野の隣の椅子《いす》を引き、早速突きつけられたテキストに目を落とした。

図書室をでたのは退校時間ぎりぎりの六時だ。試験まえは八時までの延長が許されているが、まだそんな時期ではない。

「やっぱり、広いよなー……」

自宅に戻ると、実友は誰もいない部屋をぼんやりと眺めた。廊下、その先にあるがらんとしたリビング、父の荷物や家具を放りこんだまま、使われていない部屋。

晩秋のほんの一時だけ『居候』として天城がいたり実友を守るためにと桐沢がいたりはしたが、それ以外はこの四年間、ずっと一人だった。

こうして眺めるとつくづく、広すぎる。勉強するのと眠るのに使っている私室、食事とテレビを見るくらいにしか使わないリビング。実友だけならば、一部屋あれば充分こと足りると思う。

（どうしてこのまま、高校生でいられないんだろう）

着替えを済ませると鞄の中にしまっておいた進路調査のプリントを広げ、空白ばかりのそれにため息をついた。

唐突に選択を要求され、実友はひたすら迷うばかりだ。ずっとこのままがいいなんて、できもしない望みさえ抱いてしまう。

（唐突——でもないのか）

きっと、実友だけがわかっていなかった。他の、同じ学校の生徒たちはそれなりにビジョンをもっているようだ。今までまったく考えていなかった実友のほうが、特殊なのかもしれない。

（そういえば、去年までっていつも、早く来年になればいいのにとか思ってたんだっけ）

逆だということに気づいて、自分で笑った。かつては、毎年四月になるたび、小・中・高校と進むたびに今度こそなにかがあるんじゃないか、今までの自分とは違うなにかになれるんじゃないかと期待しては、落胆していたのだ。

現状をどうにかしたくて、環境や状況が変われば自分も変われるような気がしていたけれど、現実は毎年毎年、なにも変わらなかった。

それがここへきて、今度は今のままがいいなんてまるきり反対のことを考えている自分がおかしい。

あぁ、そうか。

矢上や桐沢、天城たちと会ったからだ。変わりたくないと願うのは、彼らの傍にいたいからだ。彼らの傍でようやく、自分も落ちつけるような気がしていたのだろう。そうして落ちついてほっと息をついたのもつかの間、今度はさあ次へ行けと強引に背中を押されて戸惑っている。

けれど時間は、世界は、誰かの都合などとは関係ない場所で動いている。実友がどうあろうと、淡々と同じリズムを刻みつづけるだけだった。

「一人暮らしの家賃って、どれくらいかかるのかな」

この家を売って、それでも実友は東京にとどまる。わがままを通すならせめて家賃くらいは自分でどうにかならないかとふと考えてみた。大学生になればアルバイトもできる。いいアイディアだと思いついて、けれどすぐに駄目かと打ち消した。

短期のバイトさえしたことのない自分に、家賃を稼ぎだすなんてことができるのかどうか。そもそも、たとえ家賃だけはどうにかなっても、生活費や学費だってかかる。その分を父に頼るのは今までとなにも変わらない。

それに——。

せっかく父が歩みよってくれた。実友ともう一度やり直そうと言ってくれたのに、その気持ちを反故《ほご》にしてしまうなんて許されるのか。今度こそ本当に決裂してしまえば、実友はこの世に一人きりだ。

なにより、この場にいることを実友が選んだら。家をでて、自活しようとして、そこまでして桐沢の傍にいたがる自分を、彼は重いと感じないだろうか。

どれだけ悩んでみても、答えは未だ見つからないままだった。

家の電話が鳴る。桐沢かと動きかけ、彼が連絡してくるのはいつも携帯電話へだったと、実友はその場に座りなおした。自宅の回線に入るのはたいてい、セールスか父宛《あて》のもの、もしくは学校の緊急連絡だ。

留守電に切りかわると、聞こえてきたのは父の声だった。

『実友、まだ学校かな。ゴールデンウィーク、一日くらいはこちらへ来られないか、一番いい季節だ。それと、進路のほうは決まっただろうか。こちらの大学の資料も集めておいたので、近々送っておくよ』

連絡をくれとの言葉を最後に、通話が切れた。

「……うわ、指が冷たいや」

いつのまにか、手を握りしめていたらしい。目のまえで両手を広げると、すっかり冷えきっている。

「これってやっぱ、神経張ってたせい？」

いつだったかの桐沢の手の感触を思いだして、実友は自嘲《じちょう》した。

あの話は誰に聞いたんだっけとしばらく考えて、記憶を引きずりだす。

そうだ、あれは神野から聞いた。彼の、歳の離れた姉が持っていたという古いキーホルダーの話だった。それに触れると、緊張しているとき、普通、リラックス状態というふうに色が変わり診断ができるという代物で、どうもうさんくさいと笑っていたのだ。

仕組みを教えてくれたのは矢上で、あれは手の温度ではかっているんだと解説していた。

でも、緊張してるってわかったところで、どうなるわけでもない。

(父さん、再婚するんだったら俺がいたら邪魔だろうになあ)

受験と卒業で居を移すにはタイミングもちょうどいいが、それにしても急に熱心になったのがどうも、腑《ふ》に落ちない。

ゴールデンウイーク。四月二十九日から五月五日まで、実友の通う高校で授業はない。

……が。

「父さん、創立祭があるなんて知らないんだろうなあ」

最終の二日間は中・高合同の学園祭がある。初日は体育祭で二日目が文化祭と分かれていて、招待制ではあるが、生徒以外も校内に入れるようになっている。実友はこの五年、一度も父を呼んでいない。どうせ伝えても来はしないだろうからと、招待券の申し込みすらしていなかった。

文化祭については、最終学年だけは自由参加だが、神野に一緒にまわろうと誘われていた。結論がでないまま、ふたたび父の元を訪れる気にはなれない。講習に参加するからといって、とりあえずは逃げられるだろう。

だがいつまでも逃げまわってはいられない。

「どうしたら、いいのかな——」

いくら頭を巡らせても、答えはでない。矢上ではないが、数学のように明快な答えがあればいいのにと、実友は長い息をついた。


マンションの外廊下で話し声がする。桐沢と、天城の声だ。

「そうか、今日は金曜日」

週末だから、早く戻れたのかもしれない。

白紙のプリントを急いで鞄にしまって、実友は勢いよくドアを開けた。まるで主人の帰りを待つ動物のようだと、自分で笑った。音がした瞬間、耳がぴくんとそばだったような気がする。

「久しぶり」

二人が同時に振りむき、天城が実友を見てにっこりと笑った。痩身《そうしん》で色素が薄く、甘く整った顔だちの天城は、いつ見ても綺麗だと思う。

横に並んだ桐沢はずいぶんと不機嫌なようで、実友を見て少し驚いたように眉を跳ねあげたが、表情は硬いままだった。

「こんばんは、天城さん。桐沢さん、お帰りなさい」

桐沢の表情に、実友はなにか邪魔をしてしまったかと臆《おく》した。

「ちょうどよかった。あのさ、この人見張っててくれないかな」

この人と言って、天城が親指で桐沢を指さした。その手を、桐沢が乱暴に叩きおとす。

「痛《いて》ぇな。あのねこの人ったらいくら言ってもオウチに帰ってくれないんですよ。アタマが帰らないと、他の奴らも休めないだろ？　おまけにやたらぴりぴりしてるせいで、下っ端連中がびびっちゃってさー。ぐずるの無理やり引きずってきたわけなのね」

「仕事が残ってるんだから、仕方ないだろう」

よほど不本意だったのか、桐沢はむすりと渋面のままだ。

「しょーがなくないの。あんたいい加減、なんもかんも自分でやろうって思うの直しなさいよ。これじゃなんのために人を増やしたんだかわかりゃしない」

「だいぶ頼んでるぞ」

「だいぶ？　あれで！　はっ、彼女、起案の清書だのエクセルの入力くらいならできるのに暇でしょうがないって嘆いてたぞ」

「有能なのはわかってるさ。まあ、おいおいな」

とりつくしまもなく素っ気ない桐沢に、天城がうんざりと目を眇《すが》めた。

「とにかく、週末は会社来んなよ。来たら追いかえすからな。突発事態が起きたらちゃんと連絡するから、それまではじっとしてろ」

厳しい声で言って、天城がふうと息をついた。

「実友ちゃん、そんじゃよろしく」

「あ、あの」

（は？　え？　あ？）

なにがよろしくなんだろう。台風に巻きこまれたようで、なにがどうなっているのかまるでわからない。

「またね。お土産アリガト。今日はばたばたしてるから、明日にでも電話する」

腰をかがめ、ちゅっと派手な音をたてて実友の額に口づけた。近づいた瞬間、ふわりと柑《かん》橘《きっ》系の香りが漂った。

「――！　天城、なにしてやがるッ」

低い声で怒鳴った桐沢ににんまりと人の悪い笑みを浮かべてみせ、天城がさっとその場から飛びのいた。

「またね、実友ちゃんっ」

言うが早いか、天城は驚くほどのスピードでエレベーターのドアを開き、あっというまに視界から消えていってしまった。

あとに残るは、不機嫌も極まった桐沢と、ひたすら呆然とするばかりの実友の二人。

「ったく、逃げ足の速い野郎だ。エレベーターがここで停《と》まってるの確認してやがったな」

昇降口を睨《にら》み、舌打ちして、桐沢が悪態をついた。

こんな桐沢の姿を見るのは初めてで、声をかけていいのかどうか迷った。いつも彼は、実友のまえでは穏やかでいた。一度きり、実友を襲った男に対峙《たいじ》したときに冷えきった気配を滲ませはしたが、それは実友を守ってくれるためだったから、怖くはなかったのだ。

（どうしよう――）

ただ会いたくて、声を聞いて飛びだしてきてしまった。けれどそれは、桐沢にとっては都合の悪い事態だったのじゃないだろうか。

実友がいなければ、天城にあれこれ言われることもなく、会社に戻れていたのだろうに。

「――」

桐沢が息をついた。彼の身体を取りまいていた怒気が、ふっと消えていく。

「悪い。嫌なところを見せたな」

苦笑を浮かべて謝った桐沢に、実友はふるりと首を振った。

「俺のほうこそ。桐沢さん、会社に戻りたかったんですよね？　邪魔してごめんなさい」

「天城の話か？　あれは気にしなくていい」

「でも」

「どうしても仕事する気だったら、こんなところまでおとなしく引きずられて戻ってこないさ」

素直に従うのが癪《しゃく》だっただけだと、桐沢は言った。そうして「入ろうか」と実友の背を叩いた。

「あ、の」

「どうした？　ああ、もしかしてなにか用事でも」

「そうじゃなくて。俺、いてもいいんですか」

「もちろん。『見張ってて』くれるんじゃないのか」

天城はたしかにそう言っていたが、それは桐沢の意志じゃない。ついていっていいものかどうか、実友は迷って彼を見あげた。

「一週間ぶりだろ。仕事はともかく、会えて嬉しい。よかったら週末、一緒にすごしてもらえるか」

そう言って、彼はいつもの、実友の見慣れた穏やかな笑みを浮かべた。

「夕飯、もしまだなら、うちで食べませんか？　桐沢さんのところ、材料ないですよね」

自分ではほとんどキッチンに立たない桐沢の家には、実友が用意しておく以外、食材はほとんどない。

すぐ目のまえに自宅があるのにいつまでも外廊下で立ち話をするのもおかしいからと、実友は桐沢の腕をとり、自分の家に招いた。

あり合わせの材料で手早く支度をし、桐沢と一緒に食事を摂《と》った。

豚肉のショウガ焼きに里芋の煮物、めかぶの小鉢には柚子《ゆず》の皮を散らした。

「天城さんに教わったんですけど、冷凍の野菜って便利なんですよ。ちょうどいい大きさにカットしてあるし、長く保存できるんです」

北海道からの土産のお礼だと言って、彼は大量の冷凍野菜やおかずの下ごしらえを作ってくれた。実友が選んで買ったもの以外の、頼まれた品の料金は受けとっているしお礼なんていらないと言ったのだけれど、「それじゃ気がすまない」と、これを持ってきてくれた。

実友は一人でいると面倒ですぐ食事に手を抜くので、これを食べてちゃんと栄養を摂るようにと言いわたされている。

「……連絡したのか？」

「はい。ご飯食べに行こうって誘われたので」

桐沢が多忙でつまらないだろうと、土産ものを渡すついでに誘ってくれたのだ。

「あの？」

目に見えてがっくりと肩を落とした桐沢に、実友はきょとんと目を丸くした。

「俺には、ずっと電話もくれなかっただろ。捨てられたのかと思ったぞ」

笑いながらの言葉で冗談だとはわかったものの、実友は慌てて否定した。

「そんな。あの、だって桐沢さん……お仕事大変そうだったし。用事ないのに連絡したら悪いかなって、思ったから」

「いつでも電話しろって、言ってあっただろ？」

会議中や商談のあいだなどは呼びだし音を切ってあるから気にしなくてもいいのにと、桐沢が言った。

「俺もつい、仕事でバタバタしていると他に目が行きとどかなくなるからな。それで、天城たちにもやりすぎだって文句言われたくらいでね」

実友からの連絡が邪魔になることは決してないし、却って息抜きになるからありがたいんだと続ける。

「天城さん、さっき忙しそうでしたよね」

「いや、あれはじっとしてたら俺に殴られると思って逃げただけだろ。今日はさすがにあいつもアパートに戻ってるはずだ」

「殴られる、って」

「目のまえで可愛い恋人にキスなんかされたんだから、殴る権利はあるだろ。他の奴ならともかく、どうせ天城だしな」

可愛い恋人と、さらりと言われて、実友はふわりと頬を赤らめた。

聞きなれない言葉に、どう反応していいかわからない。

「あ、あのっ。天城さんはきっと俺がへこんでいたからかまってくれてるんです」

狼狽えて、実友は早口で言った。

「へこんでた、って。なにかあったのか」

桐沢が心配そうに眉根を寄せる。まさか、桐沢に会えなくて落ちこんでいたとも言えず、実友は懸命に言い訳を探した。

「そうじゃなくて。ええと……、学校の中、すごいぴりぴりしてるんです。俺だけ暢気《のんき》だって友達にも言われるし、そういうことを聞いてもらってただけです」

天城は桐沢と実友の仲を知っていて、同じ会社にいて友人でもある桐沢が忙しいのもその目で見ている。家に帰ると実友は一人で、下手をすれば一言も発しないまますごしてしまうのを気にして、こまめに連絡をくれるのだろう。

一人には慣れていて、天城に気遣わせてしまうのも申し訳なく思う。けれど、そうして連絡をくれる天城がやっぱり実友にとって大切で、彼と話すのが楽しくもあったから、つい、甘えてしまうのだ。

桐沢とも学校の友人とも違う。いわば歳の離れた兄弟のような存在だろうか。天城も、実友を弟みたいだと言ってくれていた。

（桐沢さんのこと、他に言える人もいないし……）

誰に恥じることもない。実友にとって桐沢は、誰よりも大切な人だ。けれど周囲に理解してもらえるとは思えないし、下手に口を滑らせて、実友はともかく桐沢の迷惑になっては困る。

とにかく、桐沢の負担にだけはなりたくなかった。彼の抱えた様々な荷物を軽くしてあげることなどとてもできないが、せめてこれ以上に重くするのだけはどうしても避けたい。

こんなふうに心全部を傾けて好きになった人は桐沢が初めてで、彼を失うなんて想像しただけで、足元がぐらついてしまう。

(桐沢さんが俺に飽きるまででいい。……一緒にいたい)

なにもかも初めての実友とは違って、当然、桐沢には今までにも恋人くらいいたはずだ。その人たちとどんな出会いをしどう別れたのかはわからないけれど、実友がいきなり桐沢に相応《ふさわ》しいだろうおとなになろうとしても不可能だ。

だからせめて、桐沢を煩わせることのないように。ただひたすらそれだけを気をつけるしかなかった。

「実友のところは大変だろうな。そんなに雰囲気違うもんか？」

「もう、すごいです。それでもウチのクラスは私立文系だからわりと緩いんですけど。理系とか、国立系のクラスって空気まで違っちゃってます」

今どきはたとえ名門大学に受かったとしても将来が安泰などとはとてもいえない状態だが、だからこそ、先を見据えて少しでもいい大学へと、誰もが必死だ。

「あ、でも。今日、矢上から誕生日プレゼントもらったんですよ。それが、細いリングのついたチェーンで」

楽しいこともあったのだと、実友は桐沢に伝えた。学生鞄を持ってきて、これだと言って示してみせる。

「ずいぶん実用的だな」

「今までは誕生日プレゼントなんてくれたことなかったんですけど。ついでに、小銭入れ。緊急用にこっちへ千円札と小銭入れておけって」

ぼんやりしているのがよほど気になるらしく、携帯電話のアドレス登録まで『矢上』という名を『緊急用』と変えられてしまっている。まさか桐沢が実友の恋人だなどとは考えもしていないだろうから、たまたま知りあった隣人よりも先に自分を頼るのが筋だろうということらしい。

「あれ以来さすがに、鍵を失くしたりしてないんですけどね。俺そんなに信用ないのかな。天城さんが作りかえてくれた鍵、合い鍵が簡単に作れないって聞いたし、ちゃんと気をつけてるんですよ」

実友が鍵を失くしたあの日、物騒だからと、ただ開けるだけじゃなく鍵ごと取りかえてくれた。桐沢に命じられその作業に現れたのが、社の開発部にいる天城だったのだ。

「……桐沢さん？」

ふと見れば、彼は長々と嘆息している。なにかまずいことを言っただろうか。

「誕生日だったのか？」

「えっと、はい。四月の初めです。やっと十八歳になりました」

これでまた一つ、桐沢が次の誕生日を迎えるまでではあるが、彼との年齢差が縮まった。

それに、法律上では十八歳になれば結婚できる。桐沢とのあいだでは当然不可能だが、それが許されるというのが、実友の心の中でだけは特別な年齢なのだ。

「そういえば、俺も桐沢さんの誕生日、知らないです。いつですか？」

「俺は八月。……いや今は俺の話じゃなくてだな。そういう大事なことはちゃんと言ってくれ」

祝いそこなったじゃないかと、桐沢が苦笑した。

「大事なんですか」

どうもぴんとこなくて、実友は首を傾げた。

「当然、大事だろう。実友の生まれた日だぞ。来年は俺と一緒に誕生日、な？　なにがあってもその日は空けるから」

「はい」

真剣な表情で念を押され、実友は照れた笑顔を浮かべてうなずいた。

少なくとも桐沢が、来年も実友と一緒にいてくれるつもりなのだという、それだけで嬉しかった。

（来年の四月、かあ）

そのとき、どこにいるのだろう。この家か、そうじゃなくても東京にいられたらいいのだけれど。

食事を済ませると、桐沢の家に移動した。わざわざ場所を変えたのは、それが夜をすごそうという誘いだった。

実友の家のベッドでは狭くて、桐沢と二人ではとても窮屈だ。桐沢は脚を伸ばして眠ることさえ困難で、だから一緒に眠ろうという日は必ず、彼の家に行く。

実友に緑茶のペットボトルを渡した桐沢が、自分用にスポーツドリンクを取る。

「あの、俺はつきあえないですけど、よかったら呑んでください」

せっかく休日まえなのだし、未成年の実友に合わせてノンアルコールですますことはない。あまり嗜《たしな》まないならともかく、先日、洋酒を呑んでいたのだから、嫌いではないのだろう。

「いや。……今日はいい」

わずかに躊躇《ちゅうちょ》する様子を見せながらも、桐沢はそう言って取りだしたスポーツドリンクを掲げてみせた。

「お仕事、ですか？」

「今日はないだろうな。全員、口を揃《そろ》えて家に帰れって言いやがった。まあ連絡がくるとしても明日以降だろう」

リビングの床に敷いたラグマットの上に直接並んで座り、ソファに背を預ける。

「本腰入れて仕事しようって決めたのはいいが、それで忙しくなって実友との時間が減ったのには参ったな。あまり会えなくなって、ごめん」

「俺は平気です。でも、本腰——って」

妙に引っかかる単語だった。

それに、ちょうどどうやって仕事を決めたのか彼に訊いてみようと思っていたこともあって、実友は言葉を選びながら口を開いた。

「今日学校で、将来どうするかって話になったんです。俺は全然考えてなくて、でも矢上とか神野なんかはちゃんと将来どうしたいかって決めてるんですよね。桐沢さん、どうして今の仕事を選んだんですか？」

俺が聞いてもいい範囲で、教えてください。実友がそう言うと、彼は別に隠すことなんかないと前置きして話をしてくれる。

「俺か。あんまり格好いい話じゃないが、成りゆきってやつだよ。さっき本腰入れてって言ったのも、だからだ」

今までだって、片手間でやっていたわけじゃない。ただ一生このまま続けていくつもりではなかったのだと、彼は言った。

「そうだな、兄貴が遺《のこ》した会社をとにかく潰さないようにって、それしか考えてなかったんだ。でかくしようなんて、全然な」

それでも優秀な社員たちや物騒になった時流もあって、会社は着々と成長していった。だんだんと人数も増えてきて、桐沢の手足には枷《かせ》が増えていく。現場仕事が好きだったのに、それもなかなかかなわなくなった。

「成りゆきに任せてたら、勝手に会社が育ってくれたようなもんだ。それでもいいとは思ってたんだが、そうも言ってられなくなってな」

関わる人数が増えたらそれだけ、経営者の責任は重くなる。自分一人ならまだしも、彼らの生活の安定は、桐沢の肩にかかっている。代表取締役社長として亡兄の妻の名はあるが、彼女は実務一本やりで、実際には一切、経営にはタッチしていない。

「最初のうちは、本当にこんなに長く会社にとどまるつもりじゃなかったんだ」

それは実友に話しきかせているというより、まるで桐沢の独白だった。彼は一旦《いったん》言葉をきると、実友の肩に腕をまわし、ぴったりと寄りそうように抱きしめた。手のひらに力がこもる。

実友を抱いているというより、なにかに縋《すが》っているような様子だった。なにかを怖《おそ》れ、桐沢の存在そのものが揺らいでいるとでもいえばいいのだろうか。いつも実友がそうしているような、たしかなものにしがみついているような様子でさえあった。

おとなの桐沢を実友と同じレベルで考えてはいけないとは思いながらも、その手の強さが切なくさえ感じる。

「兄貴が死んで、会社をどうしようかって話になった。美佳《みか》さん——って、兄貴の嫁さんだが、彼女は『名前だけならともかく、会社を動かすなんて絶対無理』って言いはってきかなかったしな。それで、俺にお鉢がまわってきた」

当時、桐沢は英国にいた。あちらの大学に留学し、卒業後もそのまま英国にとどまって、好きな研究を続けていた。

「畑違いだし、俺だってそんな責任抱えこめない。最初は断ったんだが、それが兄貴の遺言だって言われちゃあな」

桐沢の口から、過去や亡くなったという家族の話がでることはほとんどなかった。まるで初めて聞く話ばかりで、実友は一言も聞きもらすまいと耳を傾ける。

あのときは、他に選択の余地はなかったのだと、桐沢が言った。あくまで一時的なもので、いずれ義姉《あね》が再婚でもするか他に経営できそうな誰かが育つかしたら会社をまるごと彼女に預け、自分は元いた英国に戻るつもりだったのだと、淡々とした口調で語った。

(そう、だったんだ)

静かな声はどこか苦いものが混じっているようだった。その選択が、決して桐沢の本意じゃないのだと、伝わってくるようだ。

「ま、でも。最初の予定どおりだったら今ごろ、実友とこうしていられなかったからな。今はこれでよかったと思ってる」

「研究って、なにをしていたんですか？」

「うん？　ああ、考古学」

意外な話に実友が目を瞠ると、彼は照れくさそうに笑った。

「大昔の人間がなにを考えて、どうやって暮らしてたのか。あちこちにある莫迦でかい遺跡は謎《なぞ》だらけだし、全部が解明されるとも限らないだろ。……ガキのころに、天文とか滅んだ古い文明の本だとかをやたらと読んでて、それが面白くてなあ。考えてみりゃあれも兄貴の影響だったか」

桐沢にとって、兄という存在はとても大きなものだったようだ。言葉の端々に、それが表れている。

だからこそ普段はあまり、兄の名前を口にしないのかもしれないと、実友は思った。

誰かを永遠に失う。そんな経験は実友にはなかった。物心ついたころにはすでに母親はいなくて、彼女が亡くなっていたということすら、つい最近知ったことだったのだ。

桐沢は、どれほどの痛みを抱えているのだろう。こうして、話させてしまってはたして、よかったのだろうか。

「そんな顔をするな」

皺が寄ってるぞと言って、桐沢が実友の眉間に口づけた。

「まあ、そんなもんだ。今だって本腰入れるかって決めたのも、くだらない意地みたいなものだしな」

おかげで会議とデスクワークの毎日なのだと、桐沢が嘆いた。

「天城はあのとおりだし、支倉《はせくら》は支倉で、言わなきゃならんことも滅多《めった》に言わない。二人とも重役だって自覚がろくにありゃしない」

支倉というのは実友も知っている、やはり桐沢の友人であり部下である男だ。元は警察官だとかで、少し怖い雰囲気の青年だった。天城とは喧嘩友達だとかで、始終罵《ののし》りあっているらしい。実友も幾度か、そんな光景を見かけている。

「しばらくしたら、一段落できる。そのあいだはなかなか時間とれないが、電話くらいはくれよ。それに、いつでも家に来てくれって言ってあるよな？」

「でも、俺がいたら休めないんじゃ」

「実友がいたほうが落ちつくんだよ」

本当なのかと、実友は桐沢を見つめる。

「嘘じゃない。つい実友がいると、歯止めがきかなくなってるだろ」

仄《ほの》めかされたのはセックスだとわからないほど鈍くはなく、実友はぼうっと目元を赤くした。

「それは、関係ないんじゃ」

「一緒だろ？　だから今日も誘った」

ひそめた声に囁かれ、身体の奥がざわりと波立つ。

「あとで、……いい？」

実友が返事をするより先に、唇が彼のそれに塞がれる。奪われてしまった声の代わりに、実友は彼の背中へと腕をまわした。


週末のあいだ、会社から桐沢《きりさわ》への連絡はなかった。どうやら無事、なにごともなかったようだった。

休みのまる二日、実友《みとも》はずっと桐沢の家ですごした。それも、ほとんどベッドの中で、だ。

週明けの月曜日は、桐沢の家から直接、学校へ来た。彼がそうしてくれと言ったからだ。

桐沢は実友より一足早く会社にでかけていて、でがけに、また当分は帰りが遅くなりそうだとぼやいていた。

「休み明けだってのに、月曜からぼけてたなあ」

眠気をこらえつつ授業をすべて終えると、矢上《やがみ》が「帰ろうぜ」と実友の席までやってきた。

ぼけていたと指摘されても仕方がない。去年の時間割のまま、教科書の用意をしてきてしまったのだ。全然違う科目ばかりで、丸一日を横の神野《かんの》に教科書を見せてもらいながらすごす羽目になった。

「神野は？」

「部に顔だすってさ。で？　寝坊でもしたのか、今日」

「寝坊したわけじゃないよ。でもいろいろあったんだ」

「へええ？『いろいろ』ねえ」

意味ありげに強調して言って、矢上は実友の頭を叩《たた》いた。

「どうでもいいけどな、大学決めてきたのかよ」

「……まだ——……」

それどころじゃなかった。起きて、まともに頭を使えるような状況ではなかったのだ。

（やたらと『濃い』二日間だったよなあ）

たがが外れていた、という様子で、とにかく起きていても寝ていても、大半の時間は桐沢にどこか触れられていた。

うたた寝をする桐沢に請われて膝《ひざ》を貸したりもしたし、抱きあっている時間も、今までになく濃かった。

身体《からだ》中を彼の舌に舐《な》めねぶられたり、口に含まれたまま延々とうしろを弄《いじ》られ、なかなかいかせてもらえなかったときなど、気が狂うかと思った。

やっぱり、桐沢の様子はどこか普通じゃなかった。仕事が大変だという以上に、なにかまだあったのだろう。会社の話をしていたときも、今考えてみれば最後にははぐらかされていたように感じる。

そもそも翌日に学校があるという日に、明け方までのセックスなんて、今まで一度もなかったことだ。

「火曜日だろ、プリントの再提出期限。なにか条件みたいのはないのかよ」

「条件、かあ」

なにかあるかと考えてみて、実友は考えたそのままを口にした。

「とりあえず家から通えて俺でも入れそうなところ、とか。文学部とかじゃなくて、できれば経済か法律かなあ」

社会にでてなるべく使えそうな学部というと、そのくらいしか思いあたらなかった。

「あのな、おまえん家《ち》からなら、都内の大抵の大学はちょろく通えるだろうが。その条件で探したら、いくつあると思ってんだ」

「あとは、北海道《ほっかいどう》、かな」

ぼそりとつけ加えると、矢上が目を眇《すが》めた。

「それって、親父さんとこ？」

「……うん。考えてみてくれって言われた」

頭ごなしに来いと命令されたのなら、勝手だと怒ったかもしれないが、好きにしていいが選択肢の一つとして考えてくれなどと言われてしまうと、無下にはできない。

「いろいろ、あってさ。家を売るかもしれないし、それにせっかく父さんと雪解けっていうか、普通の親子っぽくなれるチャンスなのに、ここで断ったらまたなんか断絶状態になっちゃうのかなとか思うとね」

矢上は一瞬、不愉快げに目を細めたが、それでも一切、批判めいたことは言わなかった。どんな人間でも実友にとってはたった一人の父親で、だから悪くは言われたくない。実友からそう話したことはないが、おそらくは気づいているのだろう。

この友人の、そんな聡《さと》いところにはいつも救われている。だからこそ、父の元に誘われたことも打ちあけられたのだ。矢上に会えたというだけでも、この学校へ進学した甲斐《かい》はあった。

もし。もしも実友が父の元へ行き、距離が離れたとしても、ずっと友人でいられたらいいのにと思った。

「そりゃまたすごい話だな。ああ、それで迷ってたのか」

「そお」

気が重い。期限は刻々と迫っているのに、まるで決断できないままだ。本当に結論などだせるのかと、鞄《かばん》の底にしまいこんだプリントを思ってため息をついた。

「やっぱ、とりあえず適当に書いとけよ。こっちの大学」

「なんで？」

ずるずる引きのばしてもしょうがないだろうと、矢上が言った。

「あんなもん、今だしたからってどうなるわけでもないだろ。学校に受けのよさそうな名前を三つくらい書いとけよ。んで、夏までにゆっくり考えりゃいいんじゃないの」

「そうなのかな」

「すぐ願書だすんじゃないし、それで授業の内容が変わるってんでもないだろ。とりあえず、矛先だけ逸《そ》らしておけば？　だせだせ言われてっとよけい焦って、いいことねえよ」

今日明日で結論がでるような問題じゃなさそうだしな。矢上が呟《つぶや》く。

「うん。父さんに言われてからずっと考えてるんだけど、ぜーんぜん駄目」

かれこれ一カ月近く、ぐるぐると迷いつづけていた。

「そういや、カノジョに相談した？」

「はい!?」

だから恋人、とあっさり言われて、実友はぎょっと目を見開いた。

「俺そんなのいないって」

「そうかあ？　なーんか怪しいいんだよな。雰囲気変わったし」

「気のせいじゃないの、それ」

「いや、変わったね」

以前、矢上に天城《あまぎ》との仲を誤解されたことがある。家に居候しているんだと話したら、彼女連れより男と一緒のほうがイメージわきやすいなどとめちゃくちゃなことを言われたのだ。相手は違うが図星だとは、まさか矢上も思いもよらないだろう。実友自身でさえ、そのときはまさか桐沢とこうなるなんて想像すらしていなかった。

「どんなふうに」

「うーん、どこがってわけじゃないんだけど、五十ワットから八十ワットに電球つけかえた感じ。ここんとこ、ちょっとまた暗くなってるけどな」

なんだか微妙な表現だ。ようするに、微妙に明るくなった、というところだろうか。

「って俺、トイレの電球!?」

「いやトイレに五十ワットは明るすぎだろ」

「詳しいね」

一人暮らしの実友はともかく、家族と一緒の矢上が電球のワット数まで知っているとは驚きだ。

「あー、だって間違えて買ってオフクロにぶっ飛ばされたことあんのよ」

「あの美人のお母さん？」

矢上の家で一、二度見かけた、たおやかな雰囲気のある女性を思いうかべると、「ぶっ飛ばされる」というのがどうにもしっくりこない。

「莫迦《ばか》だねおまえ。女の外見に騙《だま》されると痛い目にあうぞ」

がっしりと実友の両肩を摑《つか》み、矢上はやけに真実味のある声で言った。なにか、よほど辛《つら》い思い出でもあるのだろうか。

「そっちはどうなんだよ」

「俺か？　うーん、こないだ逆ナンされたけど、特定の相手は今んとこ間にあってるかな」

「不特定ならいいの」

飄々《ひょうひょう》としていて、頭もいい。外見だって整っている矢上は、学校の内外を問わずとにかく女の子たちに人気がある。わりと頻繁につきあってほしいという告白をされているのに、今のところ決まった相手はいないようだ。

「不特定っつーか、うーん。俺ってけっこう遊ばれちゃうタイプで」

「遊ばれちゃう、って？」

「おまえね。そこで突っこむなよ、俺が可哀想だろ。なんつーの。俺って顔がこうだから、アクセサリーっつか、身体だけのオトモダチっつか、そっち方面が多いんだよね」

それではといって純情そうなタイプにはどうにも食指が動かないんだと、聞きようによってはずいぶんと贅沢《ぜいたく》なことを言っている。

「それさあ。他の奴に聞かれたらまずいんじゃない」

「んなのいちいち言うか。河合《かわい》だから言ってんの。もてる男は大変なんですよ」

「……知ってるよ」

とにかく目立つというのは大変なようで、必死にやっているふうでもないのに成績は常に上位、おまけに女の子たちに絶大な人気があるときて、たまに他の男子から嫌味や当てこすりを言われることがある。

いちいち気にしていたらキリがないと受けながしてはいるものの、決して愉快ではないだろう。

「俺の成績がいいのはそれなりに努力してるだけの話で、ツラと身長は俺の自由になるもんじゃねえ。どっちにしろ文句言われる筋合いなんてねえっつの」

できる人間にはできるなりに、しんどいことがあるらしい。

「ホント大変だね」

「三年になって、女方面でやっかまれるのは減ったけどな。……あぁ女方面ていや、河合さあ。学祭に彼女連れてこいよ。紹介しろ」

「だから、いないって」

「じゃあなんで招待券、申しこんだんだ？」

今まで一度もなかったのに、今年初めて、実友は創立祭の招待券を二枚、申しこんでいた。

渡せるかどうかはわからないが、桐沢とそれに天城用のものだ。

二人とも忙しいし、そもそも高校の文化祭になど興味はないだろう。せっかくの連休をそんなもので潰《つぶ》すつもりはないとは思ったのだが、つい、二枚と提出してしまったのだ。

「あれは父さんと恋人の分。こっちに来る予定はないけど、突然言われても大丈夫なようにって思って」

追及されて適当に言ってしまったことだが、口にだしてみて、それもいいかと思う。父がこちらに来ることはないだろうが、一度くらい、誘うだけは誘ってみたらどうだろう。

(いきなり言ったら、父さん、びっくりするかな)

一緒に暮らそうと提案されて困ってはいる。けれど、嬉《うれ》しかったのも本当だ。ならば今度は実友から、父を誘ってみてもいい。

(桐沢さんたちに渡すより、ずっと現実っぽいよね)

今日帰ったら、父に電話してみよう。先日の留守番電話の返事も、まだしていないのだ。進路についてはもうしばらく保留にしてくれと頼む他はないが、保留の件を言うにしろ、他に用事があったほうがきりだしやすい。

「親父さん、ね。神野が一緒にまわろうって言ってなかったか」

「それは大丈夫。誘ったって来るとは限らないし、多分、あっちはあっちでもう予定があると思うよ。それに、もし父さんが来ても、一緒にまわらなくていいんじゃないかな」

「なんか嘘《うそ》くさいけど、いっか。今日は追及しないでおいてやろう」

「うわー、恩着せがましくない？」

「当然。恩着せてんだよ。いつか絶対紹介しろよ」

桐沢が桐沢である限り、誰かに『紹介』する日はこないだろう。誰も知らなくていい。天城や支倉《はせくら》が理解してくれるだけでも奇跡のようなのに、これ以上望むのは贅沢だ。

だから実友は矢上の言葉には返事をせず、ただ黙ったままで笑いかえした。

「どうしてそんなに知りたいのさ」

「単なる好奇心に決まってんだろ。まえにも言ったけどな、河合の相手ってどーも、想像できなくてさ」

「しなくていいよ。いないんだから」

心の中でごめんねと謝って、実友は矢上の追及をかわしつづけた。


進路の保留の件とゴールデンウイークの予定についてを父に電話を入れて話すと、やはりゴールデンウイークには他の用事が入っているのだという答えだった。

『ああ……すまない。その日は、その、他の用事が入っているから……』

「あ、いいよべつに、無理しなくても」

『い、いや無理とかじゃなく……行きたくないわけじゃ、ないんだけど』

つっかえつっかえ、言いにくそうな父の言葉を聞くだに、どうも言い訳ではないのかとつい、勘ぐってしまいたくなる。

「それで、用事って？」

『いや、それが沙也加《さやか》さんのお友達が、旅行代理店に勤めてて……そうだ、きみもどうかな』

今年の連休は長いので、恋人と海外に行くのだそうだ。実友が来られれば一緒にと誘われたが、もちろんそのつもりはなかった。創立祭がなかったとしても、旅先でまで父たちの邪魔をするほど野暮ではない。

「それはいいよ。だいたい、パスポートなんて持ってないし」

一日や二日で手配できるものじゃないのに、こんな急ではとても取得は不可能だ。それに学校行事を旅行などで欠席するわけにもいかない。

（ていうかそんなとってつけたふうに誘われても……）

相変わらず実友に関心があるのだかないのだか、言葉だけでは判断できなかった。

お互いに干渉せずにすごしてきた時間は長すぎて、修復は生やさしくはなさそうだ。進学については熱心に誘ってくれるけれども、その先にはもしかして、考えていないのじゃないだろうかとふと思う。

（それに、ほんとに北海道に来いって、自分で思って誘ってるのかなあ？）

現地に行ったときも感じたことだが、父よりも沙也加のほうが実友に対して熱心だった。

会社の仕事以外、子ども相手のボランティア活動もしているという彼女は非常に人情家で、優しく親切ではあったが、そういう濃さに慣れない実友には少しだけ戸惑う部分もあった。

（なんか、一生懸命父さんと俺をくっつけよう、みたいな感じだったしなあ）

もしかすると今回も、父が決心したというより、沙也加に「親子なのに一緒じゃないのか」とでも言われ、その勢いで提案してきたんじゃあないだろうか。

それらしいことを、実友も彼女に言われている。一人じゃ大変だろうと言われたそのとき、特になにも考えずに生活のあれこれを話したが、あらためて考えればあれは、一緒に暮らせばいいのにとそういうことだったのかもしれない。

父が沙也加にどう伝えたかはわからない。けれど、少なくとも実友が見てきた父親という男は、あとさき考えず感情のままなにかを言うというほうが、よほどしっくりくる姿だ。

今まで、実友をいったいどう扱っていいかわからなかったというのは本当なのだろう。そして、幼くして母親を喪《うしな》った実友を祖父母の手にゆだねるのをよしとせず、自分の手で育てたいと言いはって結局、そちらとは絶縁してしまったというのも嘘ではないと思う。

そうまでして自分の元に引きとめた実友をもてあまし、育児ノイローゼに近いような状態に陥りかけた、というのも、つくづく父らしい話だと納得できた。

そのあたりの話は、父の友人から聞いた。父がまだ都内の家にいたころ、ときどき顔をだしていた斉木《さいき》という人だ。

天城との同居の件を伝えたあと、心配になった父に頼まれ、斉木が様子を見にきた。久しぶりに会ったそのときに、いろいろな話を聞かせてくれたのだ。

そうして順を追って考えていけば、今、父が実友を熱心に招くのもなんとなく事情が見えてくる。おそらくは父しか見ていなかった実友が、間近に違うおとなを近づけたのを知り、離れていくのじゃないかと慌てだしたというところではないだろうか。

『でも、ごめん。誘ってくれたのにな』

「いいよ、べつに……他に知りあいのひととか誘うから」

『知りあい？　誰かな？　父兄を招くためのチケットじゃないのか？』

ほらこれだ、と実友は思う。自分は行きたくない気がけっこう透けて見えているのに、実友がほかにつきあいがあると知ったら急にそわそわする。

少しだけ、勝手だと思うのは実友が卑屈なのだろうか。

「……お世話になってるお兄さんだよ。父さんが気にすることないよ」

それでも、つい安心させるように声を和《やわ》らげてしまうのは、嫌われたくないからだ。しょうがない人だと思う気持ちと、父として好きだと思う気持ちとはまた別だった。どんな理由であれ、父が自分に関心を示してくれた、それは実友にとって大事なことだ。

だから――。その関心を失いたくないと思ってしまうのだ。今、父の意に反した行動をとれば、今度こそ実友のことなど、一切忘れてしまうかもしれない。それが怖かった。

(俺、八方美人なのかなあ……)

そのくせ、桐沢と離れたくない気持ちも強いから、だんだん心が重くなる。

「心配しなくていいよ。今までどおりちゃんとしてるから……沙也加さんに、よろしく」

また連絡をするという言葉を最後に、父との通話が切れた。話していたのはたいした時間じゃなかったのに、気づまりなせいかひどく長く感じた。


授業はすべて受験用に切りかわったというのに、どうして体育だけはなくならないんだろう。しかも、十キロマラソンなんてなんのためにやるんだと、へとへとの身体で地面に座りこみ、実友はぼやいた。やはり同じようにへたりきっている神野が、力いっぱいうなずいて同意を示す。

「なにするにも体力ってのは必要なんだろ」

こちらは平然としている矢上が、実友と神野とを見比べ、呆《あき》れてため息をついた。

「それにしたってさ、十キロも走らせる必要ねえじゃん!」

神野が叫んでも、矢上は「諦《あきら》めろ」と冷たく返すだけだ。

創立祭の初日、体育祭の名物がこの十キロマラソンだ。到着タイムごとにクラス別の得点になるというのはともかく、規定時間以上かかった場合、そのタイムを規定時間に短縮できるまで、毎週走らされつづけるという悪夢が待っている。

おそらくはサボって歩かないようにという予防措置なのだろうが、それはしっかりと効力を発揮していて、誰もがさすがに真剣だ。四月いっぱいの体育の時間は、ずっとマラソンの練習ばかりである。

「もう、脚がくがく」

どうにか立ちあがって、実友は膝を押さえた。

「さっさと教室戻らないと、昼休みがおわっちまうぞ。ほら、神野も立てって」

「俺、今だけは女子になりたい。そしたら五キロでいいんだよなあ」

「くだらんこと言ってないで、さっさと立てよ。メシ抜きたいんだったら、とめないけどな」

さっさと背中を向けて歩きだした矢上のあとを、実友と神野とはよろよろしながら慌《あわ》てて追いかけていった。

「ところで河合、親父さんどうなったの」

矢上に問われて、実友は手で大きくバツ印をつくった。

「駄目、か」

「海外旅行だって」

矢上

残念だったなと言われて、実友は「そうだね」と答えた。

「んじゃ、招待券は無駄？」

「うーん……、そうなるかなあ」

桐沢たちに話そうかどうしようか迷って、まだ言わないままだ。このまま、言わないでいたほうがいいのだろうとは思うが、未練がましくぐずぐずと決めあぐねている。

「矢上は誰か呼ぶの？」

「まさか。うちの親はそういうの興味ねえし、他に呼びたい奴もいないしなあ。だいたい、俺だってなんもしないのに呼んでどうするよ」

「それもそっか」

クラスなり部活動なりで参加するならともかく、ただ見てまわるだけなのに、誰かを招いても仕方がない。言われてみればそのとおりで、そんな程度のことにすら考えいたらない自分が、つくづく間が抜けていると思う。

(浮かれてたのかなあ、やっぱり)

恋人だとか、校外の知人だとか。自分も申請できる、招きたい人がいるのだと、実友にとってそういう相手ができたのは初めてで、誰かを「招待できる」ことに浮かれてしまっていたのかもしれない。

今までは学校以外に知りあいなどいなくて、父にも話さないままだったから、いつも招待券の申しこみなどしていなかった。他の生徒が外から友人や家族を招いているのを羨《うらや》ましく眺めるばかりだったから。

「俺は彼女呼んだもんね」

「いるの⁉」

自慢げに言った神野に、実友と矢上は異口同音《いくどうおん》に返した。

「いちゃ悪いか」

「いや、悪くないけど。……すげえ意外」

おまえがねえ、と矢上がしみじみと呟くように言った。

「おまえほどモテないけど、俺でもいいって女の子もいんの！」

拗《す》ねて怒鳴った神野を、矢上が質問責めにしている。いつ知りあったとかどうやってつきあうようになったのかどんな女の子なんだと矢継ぎ早にでてくる質問に、神野もまたでれでれと顔を緩めていちいち丁寧に答えた。

「おまえさ。もしかして創立祭一緒にまわろうっつったの、その子自慢するためか」

矢上に訊《き》かれ、神野は「そのとおり」と答えた。

「浮かれてんなー。あんまふらついてると大学落ちるぞ」

「いーんだよ。どうせ俺は一浪しようが二浪しようが、就職先決まってんだから。俺は受験より彼女をとるの。薔薇色《ばらいろ》の十八歳だ、どうだ羨ましいか」

「……彼女のほうが受験をとったりしてな」

矢上の素っ気ない声に、神野が胸元を押さえて撃沈した。

矢上としてはあまりにも神野が嬉しげなのでつい揶揄《からか》いたくなっただけなのだろうが、神野の痛いところを直撃してしまったらしい。

「きっつー……」

呻《うめ》いた神野が、がばっと顔をあげて実友に詰めよってきた。

「な、なに？」

「河合！　河合はどーなんだっ」

「どうって、なにが。俺はどこ受けるかもまだ決まってないから」

「そっちじゃなくてっ。彼女とかさ、いねえの？」

矢上の攻撃から逃れたい一心なのだろう。それはわかる。わかるがしかし、よりによって矢上のまえでその話は避けてほしかった。実友は頬《ほお》を引きつらせ、矢上はにやっと笑ってみせる。

「いないよ、残念でした」

「じゃあ、あの人連れてくれれば。ええとアマギって人。まだつきあいあんだろ。こないだも手帳もらったとか言ってただろ」

ぽん、と矢上が口を挟んでくる。どうしてここで天城の名前がでるのだと驚いて、実友は返事をするのが一拍遅れた。そのあいだに、「アマギって誰よ」と神野が矢上に訊《たず》ね、ご丁寧に矢上が神野に説明している。

「天城さんにはたまに遊んでもらってるけど、でもなんで創立祭になんて」

「俺が見たいから。おまえ、めっちゃくちゃ褒めまくってたじゃん。頭よくてかっちょいーって」

もしかして矢上は、未《いま》だ天城との仲を疑っているのだろうか。やけに拘《こだわ》るなと、実友は彼の真意を探ろうとじっと見つめてみるが、しれっとした矢上の表情からはまるで意図などはかれない。

「そうやって頑固に断ってると、よけいに勘ぐりたくなっちゃうんだよな。俺、そういう偏見ないから、正直に言ってみ」

「だから、違うって。なんでもないの。だいいち俺となんて天城さんに失礼だよ」

「じゃあ連れてこいよ」

「天城さんにだって、都合くらいあるだろ」

「訊くだけ訊いてみ。そしたら当分、河合の恋人ってのを追及しないでおいてやる」

そんなものが交換条件になるか。自分には一方的に不利なばかりじゃないかと実友がむすっと顔を顰《しか》めると、神野が「へ？　河合って誰かいんの」と言ってくる。

「ホントにいないんだよ」

いるのかとものすごく驚かれるというのも複雑だが、矢上のように「いる」と決めつけて（実際、いるのは事実だ）あれこれ訊かれるのも困る。

それにしても、どうしてばれているんだろう。桐沢がつけた痕《あと》を見られたりはしていないはずだし、自分では目立った変化もないように思う。

それとも自覚がないところで、なにかばれるようなことでも言ってしまっているのだろうか。

「ちゃんと訊けよ？　法螺《ほら》吹いたってわかったら、俺は徹底追及するぞ」

「なんでそんなに強硬なんだよ」

「河合がやたら困ってて面白いから」

さも当然だと言わんばかりの答えに、実友はがっくりと肩を落とした。


桐沢に話もしないままで天城に連絡を入れると、また、彼が気にするかもしれない。天城を誘うにしろ誘わないにしろ、先に桐沢に言ってからと決めたのはいいものの、話すにはタイミングが合わなかった。

「いつでも電話しろって、言ってくれたけど」

あまりにもくだらない、こんなことでいちいち連絡するのも莫迦げている気がして、実友からは連絡ができない。桐沢が早めに自宅に戻ってきて、実友に声をかけてくれたら。そうしたら話してみようと機会を待っていたが、桐沢は連日、家に戻るのが遅いようだった。

しばらく忙しいと言っていたから、それも当然だろう。

いざ電話しようにも、創立祭の件以外、とりたてて用事が見つからない。ただ声が聞きたいだけだなんて、その程度で忙しい人を煩わせるなんてできなかった。

これじゃ、父と同じだ。

ふと気づいて、実友は思わず笑ってしまった。なにかれっきとした理由がないと、話もできないなんて。

「恋人、かあー……」

神野は、彼女とどんな話をしているんだろう。受験や、日々のたあいない話で、長電話をしたりもするんだろうか。

同じ歳《とし》の彼女と、同性の、それもずっと年上の桐沢とではまるで違うだろうから、比べられるわけじゃないけれど、それでも訊いてみたいと思う。

「他の人たちって、なに話してるんだろ」

夫婦とか、恋人同士だとか。忙しい相手とつきあっているのは、実友だけじゃないはずだ。

どうしたら相手を煩わせずにいられるのか。

今まで、たとえ友達でもここまで深くつきあったことはなかった。心底から嫌われたくない、疎まれたらどうにかなってしまいそうなほど大切な存在など父以外にはいなくて、だから実友にはどうしたらいいかもわからなかった。

少しまえまでは、メールも電話も、それなりにできていたのに。好きになればなるほど、怖くてなにも言えなくなってしまう。

つくづく自分は人づきあいが上手くないのだと実感させられ、口をついてでるのはため息ばかりだった。


桐沢と連絡がついたのは土曜の午後だった。

日曜の晩にはまた会社に戻らなくてはならないが、少しのあいだでも顔を見せてほしい。そう言われて、実友は電話を切ってすぐ、彼の家へ行った。

会社から戻ってくる桐沢よりも一足先についていた実友は、玄関先で彼を迎えた。現れた彼は、多忙のせいかまたいちだんと顔色が悪くなっていた。

「桐沢さん、ちゃんと寝てますか？」

実友が訊ねると、桐沢は笑って肩を竦《すく》めた。

「大丈夫。なんだか実友には、いつもそればっかり言われてるな」

「ごめんなさい」

しつこいだろうかと、慌てて頭を下げる。

「謝ることじゃないだろ。俺が無駄な心配かけてるだけだ。仕事と、まあちょっとごたごたしていてね」

だからこそ実友に会いたかったのだと、桐沢は言った。

「一週間も顔が見られないと、どうも苛々《いらいら》してくるな。ゆっくり会える時間をつくろうと思ってできるだけ前倒しで作業進めてたんだが、相手のあることだと、俺だけじゃどうにもならない。で、そのうち『ゆっくり』なんて言ってられなくなった」

靴を脱ぎながらそう話して、桐沢が実友をぎゅっと抱きしめた。実友の肩口に顔を埋め、長く息をつく。

（やっぱり、すごく疲れてるみたいだ）

こんなふうに疲れた姿を見せることは今までになくて、だからこそ、その余裕さえ失っているのかもしれない。

「頼まれたとおり、ご飯できてますけど。少し眠ってからにしますか」

「いや、食べさせてもらうよ。なんだか実友には、メシ作ってもらってばっかりだな」

そのために呼んだんじゃないがと頭を下げられ、実友はとんでもないと返した。

食事を作るくらい、たいした手間じゃない。こんな些細《ささい》なことでも彼のためになるなら、毎日だって作りたいくらいだ。

食事を済ませたあと、実友は桐沢に少し眠ってくれと頼んだ。実友がいるのにと躊躇《ためら》う桐沢に、自分はずっとここにいるからと告げる。

眠る桐沢の傍《そば》に、実友はずっとついていた。息をしているのかどうかわからないほど深い眠りで、横顔は辛そうにも見える。創立祭の話など、とてもきりだせるような状態ではなかった。

(桐沢さん、いろいろ大変なんだろうな)

こんなふうに眠るほどの状況で、それでも実友に会いたいと言ってくれた。それが嬉しい。だからこそ、自分のことでなど煩わせては駄目だ。

創立祭のことなど、言わなくていい。天城を誘えずにいたらまた矢上に恋人だのなんだのと追及されるだろうが、かわしてしまえばすむ。

目を覚ました桐沢はいくらかすっきりとした様子だったが、それでもどこかだるそうだ。とにかく片時も実友を離そうとはせず、なにを話すでもなく、ぴったりと寄りそっていた。

「実友、頼みがあるんだ」

桐沢がきりだしたのは、そろそろ陽が沈もうかというころだ。ベランダのサッシの向こうの空が、地平線のあたりで鮮やかなオレンジに染まっている。

「なんですか？」

「しばらく、こっちにいてもらえないか」

話そうかどうしようか迷っていたのだと、桐沢が言った。

「こっちって、桐沢さんの家……ですよね」

食事の世話だろうか。どんな理由であっても、桐沢の邪魔でないのならそれくらいはかまわない。なによりも実友自身が、桐沢の傍にいたいと願っているのだ。

もしかしたら、来年からはしばらく、会えなくなってしまうかもしれない。未だ進路は『保留』にしたまま、どちらに転ぶか、結論はでていない。

もし父のところへ行くことになったら。こんな時間はもう、もてなくなるかもしれない。

そう考えると、一日一時間がとても貴重なものに思えてくる。

「そう。俺がまともな時間に戻ってこられるかわからないってのにこんなこと頼むのもなんだが、しばらくでいい、ここにいてくれないか」

「いいですよ、もちろん」

実友が即答すると、桐沢はふっと肩から力を抜いた。

「そうか。連休の後半はちょっと家を空けるから、それまででいい。悪いな」

「とんでもない。俺も一緒にいられて嬉しいです」

父の提案を、進路で迷っていることを隠したまま桐沢の傍にいる日々は、少しばかり心苦しいけれど、求められて嬉しいのは本当だ。

(ばれないように、気をつけなきゃな)

桐沢が実友の髪に手を伸ばす。触れられながら、実友は自分に言いきかせた。

「電話もくれないのにか」

悪戯《いたずら》めかしてつけ加えられた言葉に、実友はうっと言葉を詰まらせる。

「……それは、あの」

「いいよ、わかってる」

冗談だと言って、桐沢が実友のこめかみに口づけた。

髪を撫でる手も口づけも、腰を抱いてくる腕も、なんだかいつもと違っていた。いつもは実友が甘やかされているそれなのに、今日はまるで逆のような様子だ。

(なんでかな)

自分が支えてあげたいような、そんな気にさせられる。けれどそんなことが自分にできるはずもないと、わかってもいるのだ。

一緒にいる、ただそのくらいしか実友にできることなどない。

「今日から、いいか」

「今すぐでも」

冗談で返すと、桐沢は真顔で「そうしてくれ」と言った。

桐沢の家で暮らしはじめて、連日、実友は彼に抱かれていた。疲れているのだろうに、そうしないと眠れないと言って、夜遅く戻ってきても必ず、実友に触れたがった。

膝を貸してくれと頼まれ、ラグの上で脚を伸ばして座った実友の脚に、桐沢が頭を預ける。

「寝心地、悪くないですか？」

体育以外に特別な運動もしていないから筋肉がついているともいいがたく、脂肪もあまりない。細いばかりの腿《もも》の上など却《かえ》って眠りにくいんじゃないかと訊ねるが、「これでいい」と言って彼は目を瞑《つむ》った。

（気持ちいいのかなあ……？）

息をつく彼の表情は疲れているが、それでも穏やかだった。ゆっくり眠るならベッドでと言おうと口を開きかけたが、まあいいかと思いなおした。

なんだか気恥ずかしいくらい甘くて、幸せだった。桐沢は大変そうなのに、自分ばかりがこんなふうに喜んでしまっていいのだろうかと、申し訳なく思うくらいに。

「……実友」

「はい？」

眠っていたとばかり思っていた桐沢が、目は閉じたまま静かな声で告げた。

「脚、痺《しび》れたらちゃんと言えよ」

わかってます、と応えたが、あまりにも心地よさそうで、肩を揺すり起こすにはしのびない。

本格的に眠りについた桐沢の寝顔をじっと眺めて、実友は彼が目を覚ますまでそのまま、動かなかった。

人間の頭というのは案外と重いものだと、そのとき初めて知った。そうして彼が目を覚ましたころにはもうすっかり実友の脚は痺れきっていて、わずかな身じろぎさえできない始末。

「わわわっ」

「だから起こせって言っただろ」

ごめんと言って笑いながら、桐沢が実友の身体を掬《すく》い抱きあげる。

「だって、気持ちよさそうだったからっ。お、おろしてくださいっ」

「おろしてもなにも、自分じゃ動けないんだろうが。このまま運んでいくよ。膝枕《ひざまくら》のお礼だ」

「お礼なんて、してもらうほどじゃ……」

「俺がそうしたいんだから、好きにさせてくれ」

ベッドに運ばれ、二人して抱きあったまま眠りにつく。もともと寝つきの悪い人ではなかったが、横になるなり深い眠りに落ちる様子を見るとやはり、相当疲れているのだろうとわかる。

どうやら桐沢はやはり、仕事以外になにか鬱屈《うっくつ》を抱えているらしい。忙しくなるのはこれまでにもあったのに、疲労を実友のまえで態度に表すことなど、今まで一度だってなかった。

一緒に眠るときも大抵、髪を撫《な》でたりなにか二言三言話したり、そんなふうにじゃれていた。だいたい、今までは実友のほうが先に眠ってしまうことのほうが多かったのに、ここへ来てからは毎晩、実友は彼の寝顔を眺めていた。

起きているときは彼はいつも実友を傍に置き、溺《おぼ》れるほど甘やかしてくれる。真綿でくるむような、というのはこういうことをいうのじゃないだろうかと、そんなふうに考えてしまうくらいだ。

(でも、なんだかときどき、遠い目してる)

桐沢は実友といてもときどき、どこか違う場所を見ているような表情を浮かべることもある。そんなときも実友はなにもできず、ただ、求められるまま傍にいるだけだった。

(なんにもできないから、せめていてあげたい)

おかげで、あまり父のことを考える余地がなくなっていた。学校へ行き進路だなんだと言われれば思いだし気が重くなるが、家に戻ればその瞬間から、実友の頭の中は桐沢でいっぱいになってしまう。

それでも、完全に不安を拭《ぬぐ》いされたわけじゃない。忘れているつもりでもときどき不安は不意をついて実友を襲い、やもたてもなく苦しくなった。

甘い生活が一日、また一日と続いていくたび、これを失う日がくるのかと怖くなる。

やはり思いきって桐沢に相談しようと幾度となく口を開きかけたが、そのたび、実友は駄目だと言葉を喉《のど》の奥へしまいこんだ。

彼がこんな状態なのに、自分のことで惑わせるなんてとんでもない。今の実友は、ただ桐沢に少しでも安らいでもらえるようにとつとめるべきなのだと思う。

（それに、やっぱり怖いや）

父の提案を伝えて、引きとめてもらえなかったら。実友の来年は、それで決まりになってしまう。彼と離れて暮らすしか、選べなくなる。

とりあえずと提出した進路調査票には、東京《とうきょう》の大学の名前だけを羅列させておいた。矢上に頼んで実友の学力に見あったところだけをピックアップしたので特に教師からは咎《とが》められもせず、「冒険しないんだな」と苦笑されたくらいだ。

実友にとっては、東京の大学を並べたそれ自体が「冒険」なのだ。父の意に背くことなどはたして自分にできるものだろうか。

調査票は、いわば実友にとってはかない望みを書いた絵馬のようなものだ。どうかかないますようにと、今は祈ることしかできなかった。

桐沢の求めに応じたいというそれだけじゃなく、実友からも彼の肌を求めた。言葉にしては言わないが、夜が遅くなると、手を伸ばしてもらえないかと身体をぴったりとくっつけて、誘われるのを待った。

様子がおかしいのは桐沢ばかりじゃなく、実友も、あれこれと惑うものから逃げようと、なにもかも忘れられる時間を欲しがっていた。

どこか間違っているんじゃないかと思っていても、突きうごかす衝動には逆らえない。言えない言葉の代わりに、口づけで誤魔化《ごまか》して。ただ口づけのためじゃなく、言えない言葉をこぼさないように唇を塞《ふさ》いだ。

今こうやって目を閉じているように、なにかとても大事なことから目を背けつづけている。桐沢と実友とのあいだに、静かで深く、細い溝のようなものがあるようだ。気持ちが離れたというのではなくて、お互いを求めるのに、恋とか情欲だとかではない、それ以外のものが入りこんできている。

それを埋めようとしてよけいに、実友は熱を欲しがっていた。身体を繋《つな》げて、溺れて、それがさらに焦燥に追いうちをかける。まるで悪循環だ。

「……ぁ…………ん」

実友の肌を覆うのは、ボタンを全部開けられ、袖《そで》をかろうじて腕にひっかけたシャツが一枚だけだ。

ベッドに入るまでもなく、ソファの上で彼の膝に載せられ、身体中を弄られる。喉を舐め、首筋から鎖骨《さこつ》、平らな胸元をさまよっていた桐沢の唇が、乳首にたどりついた。

「ぁん…っ」

さんざん指に悪戯されて硬くなったそれに歯をたてられ、肩がびくんと跳ねあがる。ねっとりと舐められ、強く吸われた。

そうしながら彼の手は実友の腿を撫でまわし、自らがこぼした体液に濡《ぬ》れた実友のものを弄る。

「だ、め……っ」

「どうして」

「こ、こじゃ……、明るい、しっ」

煌々《こうこう》と室内を照らす蛍光灯の光は、はしたない身体をあますところなく見せてしまう。桐沢は会社から戻って上着を脱いだだけの格好で、自分ばかりがこんなふうに喘《あえ》がされているのが、たまらなく恥ずかしかった。

「汚れる、し……っ」

「ああ、服か？　いいさ、こんなもの」

実友の抗議など聞きいれる様子はなく、桐沢はひたすら肌を愛撫《あいぶ》することに没頭している。

そうして実友は、そんな桐沢に最後まで抗《あらが》うことなどできはしないのだ。

好きな人が自分を欲しがってくれる。そうしてこの身体に、たとえようのない快楽を与えてくれる。さしたる理由もないのにどうして、それを拒むことなどできるだろう。

やがて情欲に溺れまともな言葉をつづれなくなった唇は、ただ甘い喘ぎ声だけをこぼしつづけた。


二日に一度は自宅に戻り、こまごまとした用事を片づける。たまに桐沢が早く戻れれば、食事は実友の家のほうで摂《と》った。こちらのほうが材料や調味料が揃《そろ》っているからだ。

彼の家で料理をしていても、あれが足りないこれが欲しいと、行ったり来たりになってしまう。ならば食事は実友の家で作り、遅ければ桐沢宅に運び、早い時間は実友の家で食べるようにしようと、どちらからともなくそう決めた。

桐沢は実友の話を聞きたがり、訊ねられるまま、その日あったことや矢上たちとの話をした。

桐沢の亡兄が実友の学校のOBで、桐沢も創立祭のことを覚えていた。実友から話をするまでもなく、彼の口から、それがきりだされた。

その日は久しぶりに桐沢の帰宅が早く、実友の家で夕食を摂っていた。予定していた商談が相手の都合で延期になったらしい。再調整は面倒だがいい休みだと言って、桐沢もリラックスした様子だった。

「天城を？」

「そうなんです。まえにも話しましたけど、天城さんにやたら興味もっちゃってて。断られてもいいからとにかく誘えって、煩《うるさ》いんですよ」

桐沢は連休の後半を留守にすると言っていた。ならば話すだけ話して、流してしまえばいいだろう。

「父さんを誘ってみたんですけど、あっさり断られちゃいました。沙也加さんと、海外旅行だそうです。俺もって誘ってきたんですよ。パスポートもないのに」

「それで、どうするんだ」

「もちろん誘いませんよ。天城さんに迷惑でしょう」

「そうでもないだろ。あいつはどうせ暇なんじゃないのか。本当は俺が行きたいところだが――」

桐沢は言葉を切って、思案顔になる。こんなことで予定を変更されてはと、実友はとんでもないと断った。

「そう言ってくれるだけで嬉しいです。でも、三年は参加しませんし、来てもぐるっと見てまわるだけで終わっちゃいますから」

「初日の体育祭のほうも、招待券があれば入れるだろ」

「それはそうですけど、体育祭なんて見ても楽しいですか？」

「実友が走ってるところ、見たいかな。たしかマラソンあったろ。兄貴、タイムきれなくて、五回くらい追試くらってた」

とにかく亡兄という人は絶望的に運動神経がなく、おまけに体力もなかった。あまり身体も丈夫ではなくて、体力面についてはすべて自分がもらってしまったらしいと、桐沢が低い声でぼそりと言った。

桐沢の言葉は、彼にとってあまりいい意味ではないようだ。自分だけが丈夫に生まれついてしまったのだと、まるで懺悔《ざんげ》をしているようにさえ響く。

そんなこと、彼のせいではないのに。

かける言葉をなくして、実友はさりげなく彼から視線を外し、うつむいた。

「実友は？　タイムどうだ」

沈んだ雰囲気を嫌ったらしい桐沢が、実友に水を向けた。

「残念でした。ちゃんと走れます。毎年、走りはじめはキツいんですけど、体育のたびに走らされるから、本番にはそこそこのタイムで走りきれるんですよ」

もともと早い矢上はともかく、神野は実友より遅いことにショックを受けていたようだ。三人の中では実友が一番小柄で細いから、もっと鈍いと思っていたらしい。

「今年が最後だってのにな、間が悪い」

「創立祭なんて、たいした行事じゃないですよ」

小学校くらいのころは、運動会で応援に来る父母を見て羨ましいとも思ったが、さすがに中等部以降になるとそれもない。二日目のほうはともかく体育祭までは、周囲が家族といるのを恥ずかしがって、あまり呼ばないせいもあるのだろう。

「誕生日も知らなくてすっぽかしたからな。行事という行事は、できれば全部って思ってたんだよ」

同世代ならともかく、桐沢ほど年上では、学校などを見てまわってもあまり面白いとは思えない。それほど拘るものだろうかと、実友は首を傾《かし》げた。

「学校でどんな顔してるのかとか、その矢上ってのがどういう奴なんだ、とかな。実友のことなら、どんなことでも知りたい」

桐沢は、そう言って実友をまっすぐに見つめてきた。まるで胸中を見透かそうかというような視線に、実友は狼狽《うろた》えて顔を背けた。

「実友、なにか隠してるだろう」

「俺が……ですか?」

ぎくりと、心臓が縮みあがった。

「別に、なにも」

「ずっと、なにか言いたそうにしてた。ときどきだが、俺が違うところを見ているときに限って、じっと見てただろ」

実友のほうから話してくれるかと思って待っていたが、見た目に反して実友は頑固で、自分から打ちあけようとはしない。だから訊ねることにしたのだと、桐沢は言った。

(ばれてたんだ)

上手《うま》く隠すことさえ、できなかった。実友は自分の未熟さに唇を噛《か》んだ。

「受験のこととか、ほら。以前に聞いた将来のこととか。いろいろ、急に考えなきゃならないことが増えて頭がいっぱいになってるだけです」

それは嘘じゃない。けれど本当でもなかった。

「このところ、俺にも余裕なくて、実友には心配ばかりかけてるからな。そのせいで言えないんだろうとは思うが」

「本当に、なにもないんですよ。……っと、留守電、チェックしなきゃ」

ふらふらと迷っていたのに、気づかれていた。けれどそれだけは、桐沢に話せない。どうにか誤魔化そうと、目に飛びこんできた赤いランプに飛びついてしまったが、それは最悪の選択だった。

『……実友? いないのかな。明日からでかけてくるから、電話でもと思ったけれど』

流れ出てきたのは父の声だ。ぎくりとしたのは一瞬、しかし『お土産《みやげ》を買ってくるから、また遊びにおいで、彼女も残念がっていて——』と言って途切れた言葉にほっとする。

「なんだ、お父さん旅行でも？」

「あ、はい。そうなんです。沙也加さんと旅行するみたいで」

桐沢がなんの気なしに問いかけてきて、これで話が逸れるかと安堵《あんど》した実友の気の緩みを狙《ねら》ったように、二件目のメッセージが流れだしてきた。

『本題を言い忘れたよ。……戻ってきたらまた、大学のことを相談しよう。こっちへ来る気にはなったか。そろそろ、決めてもいいころだろう』

思いがけない直球の父の言葉に、実友は笑みを浮かべかけたまま、硬直した。桐沢は目を瞠《みは》り、じっと実友を見つめている。

『学校が忙しくて来られないのなら、沙也加もそちらへ行きたがっているし、旅行がてら私が久しぶりに行ってもいいかな。大事な話だから、これ以上は電話じゃないほうがいいかもしれないね』

流れでた父の声に、すうっと血の気が引いていく。絶対に聞かせてはいけない話を、このタイミングで聞かれてしまった。

（どう、しよう……!?）

留守電のメッセージは数日前に録音されていたものだ。桐沢の家との往復で、チェックするのをすっかり忘れていたのだ。

よりによって隠しごとをしているだろうと指摘された直後だ。実友がなにを抱えこんでいたものか、これでばれてしまった。

「……大学って、どういうことだ」

かいま見た桐沢は、表情を失《な》くしていた。実友の想像以上に、桐沢はショックを受けているようで、彼の声はどこか詰問口調になり、そのことにもまた戸惑いを覚える。

「こっちへって、北海道の大学を受験するのか？」

「あ、あの」

「それで最近様子がおかしかったんじゃないのか？」

立ちあがり、追ってきた桐沢が痛いほどの力で腕を掴む。ひどい焦燥と、その迫力に怯《おび》えを感じながら実友はしどろもどろに言った。

「そうじゃ、なくて。あの、父からそれもいいんじゃないかって、誘われただけなんです」

そもそも留守電など滅多《めった》に入ることはなくて、チェックをする習慣すらなかったのが事態を悪くさせてしまっていた。父からの電話が入ることくらい、想像できたはずなのに。目のまえのことにいっぱいで、頭がきちんと動いていなかった。

「それに……まだ、決めたわけじゃないし……ちゃんと、考えてから、言おうって」

今さら、いくら後悔してももう遅い。聞かれてしまった話は、二度と彼の耳からは消えてくれないのだ。

「ちゃんと考えるって……じゃあ、いつ言われた」

険しい、まるで詰問するような口調だった。実友は混乱したまま、必死で言葉を探した。

「春休み。……父の家に行ったときに、です」

「そんなにまえからか」

様子がおかしかったのはそのせいだったのかと、桐沢が長く嘆息する。一度目を閉じ、ふたたび実友を見つめたその視線は、心ごと切り裂いてしまうほど険しかった。

「どうして、相談してくれなかった」

静かな、感情のない平淡な声がよけいに彼の怒りを表しているようで、実友はびくりと肩を震わせた。

「そ、……れは。あの、俺の問題………だから」

この程度のことで、忙しい彼を煩わせたくない。それになにより、父親の元へ行けと言われるのが怖かった。少しでも長く近くにいたいと願っているのが自分だけだと、気づかされたくなかった。

「じ、自分で決めないとって、思ったから……っ」

けれど実友の言葉は、重ねれば重ねるほど、意に反して桐沢の気分を害していってしまう。

「俺の問題、か。そんなに、頼りないか。それとも俺に、知られたくなかった？」

「ち……ちが」

違う、と。実友はただ首を振るしかできない。どう言えばわかってもらえるだろう。

面倒くさいと、思われたくなかった。だから言えなかった。こんな甘えたことを考えること自体、疲れた顔の桐沢には重たいのではないかと、そう思ったから。

(なんで？　言葉が……出ないよ)

気持ちをそのまま彼に見せてしまえればいいのに。おぼつかない言葉だけじゃ、想う気持ちの欠片《かけら》ほども伝えられはしない。

「わかった」

短く言って、桐沢が立ちあがった。

「あ、あの」

「悪い。実友には実友の考えがあるんだって、頭じゃわかってるんだけどな。……ちょっと収まりがつきそうにない」

ひどいことを言うまえに、頭を冷やしてくる。彼は低い声で呟き、短く息をついた。

「少し、時間を置くよ。実友も……そのほうがいいだろう？」

「あ……」

実友を見ないまま、桐沢はそう言った。そのまま、大股《おおまた》で廊下へと歩いていってしまう。引きとめることもできず呆然《ぼうぜん》と立ちつくした実友の耳に、ドアが開閉する音が響いた。

ぺたん、と実友はその場に頽《くずお》れた。

「どう……しよう――」

知られてしまった。それも、最悪の形で。

あきらかに桐沢は怒っていたようだった。隠しごとをして、しかも下手《へた》な誤魔化し——誤魔化しとさえいえない言い訳に、呆れたようにも思えた。

「俺、なんて莫迦…………っ」

呻くような声で、実友は呟いた。床に爪《つめ》を立て、ぎゅっと手を握る。指先の痛みなど、心の痛みよりもずっと軽かった。まるで、感じないほどに。

どうして、あんな言いかたしかできなかったんだろう。いやそれより、どうしてあの場で誤魔化そうなんて思ってしまったのだろう。

上手に嘘もつけないくせに、実友を案じて訊いてくれたのに、怒らせてしまった。

「関係ないなんて言ったら、怒るのあたりまえだよね」

こんな形で、終わりになってしまうんだろうか。桐沢の傍にいたいからと、ぐずぐずと結論を先延ばしにしていたのに。

（終わり……なのかな）

途方もない喪失感が、実友を襲う。追いかけて謝らなくちゃと思うのに、立ちあがる気力さえない。それよりも、謝ってなおさら怒らせてしまうのが怖《おそ》ろしい。

夜が明けるまで、実友はその場でずっと座りこんでいた。

そして、その日を境に、桐沢とは一切の連絡がとれなくなった。

もとから、連休の後半には留守にすると聞いていた。実友と拗《こじ》れたから家に戻ってこないなんて理由ではないだろう。親に怒られた子どもじゃあるまいし、だいいち彼の家は実友のところではなく、隣室だ。

壁一枚の距離がこれほど遠く感じたことは今までに一度もない。そして、今回ばかりは、この距離が縮まるのかどうか、それもわからない。

決裂した二日後、思いきって電話をしてみたが、桐沢の携帯電話は電源が入っていないようだった。機械のアナウンスだけが、ただ虚《むな》しく実友の耳に届く。

二度連絡を入れ、その後は電話もできなくなった。もし実友を避けるためだったらと思うと、もう連絡をするのも怖くなる。

連休をずっと、実友は家の中で一人ですごした。なにもしたくなかったし、誰とも会いたくはなかった。矢上や神野からそれぞれ一度ずつ連絡があったのに、電話で話す気力もなくて。

誰かの声を聞いたら、泣きだしてしまいそうだった。

創立祭の、初日だけは欠席するわけにいかない。ただ呼吸する機械のように一日を送り、暗くなった夜の空を眺めながら、明日は学校へ行かなければとぼんやりと思う。

耳障りな、電子音が響いた。

マンションのエントランスロビーではなく、家の呼び鈴だ。

（まさか……？）

桐沢なのかと、心臓が跳ねあがる。そんなはずはないと否定しながらも、どきどきと鼓動は乱れ速まるばかりだ。緊張に指を震わせながら、実友はインターフォンの受話器を取った。

「……はい」

『実友ちゃん？』

聞こえてきたのは天城の声だった。

（どうして？）

やはり桐沢ではなかった。落胆と、あたりまえだという諦めと。そしてどうして天城がここにいるのだろうという疑問で、頭の中はぐちゃぐちゃだ。

「今、開けます」

ここまで来てくれた彼を追いかえすわけにもいかないし、万一、桐沢の身になにか起きたのだとしたら。そう思って、実友はのろのろと玄関へと脚を運んだ。

「休み中に、ごめん。もしかしてもう寝てた？」

「いいえ。あ、どうぞあがってください」

部屋に天城を通し、実友はのろのろとお茶の支度をした。

「かまわないでいいよ。近くまで来たんで、寄っただけだから。お隣さん、今留守だしね」

急にごめんと言われ、実友は首を振った。

「どうせ、俺も暇をもてあましてたんです」

「そう？　じゃあ連休中、俺と遊んでもらっていいかな。鬼のいぬ間にってさ。っても、あと二日しかないけど」

「えー……っと」

実友の様子がどこかうつろなのには気づいているだろうに、天城はそれには触れなかった。桐沢から聞いてでもいるのか、それとも、気を遣ってくれたのか。

（聞いたってことは、ないか）

携帯電話も切られたまま、彼からも連絡はない。ならばあえて天城に話をする必要などどこにもないだろう。

「明日から、学校で文化祭と体育祭っていうか、そういうのがあるんです」

「そうなの？　連休に？」

「はい。秋だと、三年が受験でそれどころじゃなくなるんで、五月にするみたいですよ。創立祭っていうんですけど、本当の創立記念日って四月ですから。まだ中間試験までも時間あって、いろいろ都合がいいみたいです」

「へえ。俺、そういう行事は片っ端からサボりまくってたからなー……」

高校生って結構忙しいよねと、天城が感心したように言った。

「全然忙しくないですよ。今年参加するのは初日の体育祭だけで、最終日のは友達と、ぶらっと見てまわるだけなんです。三年はさすがに自由参加になってて」

「でもそれじゃ、クラス替えしたばっかりだろ。出しものとかどうすんの」

部活動や有志参加はともかく、各クラス単位での参加にはあまり時間を使わない。とにかく徹底的に進学第一が方針の学校だから、準備といってもせいぜい、二週間程度なのだ。最後の詰めで一気に時間を使うため、生徒たちの間では、授業を潰さずにすむ連休を利用しているのじゃないかとまことしやかに囁《ささや》かれている。

「屋台とか、喫茶店とか。それほど大げさなものじゃないんですけど、保健所なんかの許可がいるものは枠が決められていて、実行委員があらかじめ許可を取っておくんです」

「なーるほどねえ」

誰にも会いたくないなんて思っていたくせに、いざ天城と会ってしまうと、案外と口はなめらかに動いた。心の一番深い部分はおきざりのまま、それでも笑えることに気づく。

「最終日、いらっしゃいますか？　つまんないとは思いますけど、招待券ならあるんです」

「そう？　行っていいの」

「もちろん。ちょっと友達が煩いかもしれませんけど」

言いながら、これをとうとう桐沢には渡せなかったな、と実友はこっそり、胸の中で自嘲《じちょう》した。彼を思いだしただけで、心がざくりと痛む。

どちらにしろ桐沢は予定があって無理だったのだが、それでも。彼に持っていてもらえたらよかった。

(今さら、遅いけど)

天城にならすんなりと言えるのに、どうして桐沢には言えなかったのか。高校の文化祭なんてつまらないだろうというのは、天城にも同じだ。

(……ああ、そうか)

きっと、彼のまえであまり、高校生の自分を見せたくなかったのだ。子どもだということを見せつけてしまいたくなかった。文化祭のような行事に呼ぶような子どもじみた態度をとりたくなかった。それだけのことだった。

つくづく、莫迦げている。どれほど背伸びをしようと、年齢が変わるわけじゃない。それに結局は彼を怒らせてしまった。

「実友ちゃんの友達なら、会ってみたいな。まえに話してくれた子はいる?」

「いますよ。今年もびっくり、同じクラスでした。矢上も、天城さんに会いたいって言ってました」

今にして考えてみれば、桐沢の存在を隠そうとするあまり、なにかというと天城の話をしていたように思う。ならば、矢上が興味をもっても不思議じゃないのかもしれない。それまでのあいだ、およそ校外の知りあいの話など、したこともないのだ。

「よかったら、ぜひいらしてください」

連休中で暇だからと、天城はその晩から、実友の家に泊まった。

しばらくこの家にいたから、彼は慣れたものだ。キッチンの様子を見られ、ここ数日まともに食事をしていないのがばれてしまったせいかもしれない。

「ちゃんと食べてないだろ、やっぱ」

天城はそう言って、実友の頭をこつんと叩いた。

「駄目だよ。受験生は体力が資本、な？」

天城は食事を摂らなかった理由を、決して追及しようとしなかった。桐沢との諍《いさか》いを知っているのかいないのか、判断はできかねたけれど、実友が鬱屈を抱えこんでいるのはとうに、気づいているのだろう。

そして、黙ったままいてくれるのだ。

（心配かけちゃったな）

あらためて申し訳なく思い、そして、こうやって心配をかけている自分に嫌気がさした。

（本当に、どうしようもない）

きりなく渦まくのは、後悔と自分への嫌悪ばかりだった。

体育祭ではどうにか無事にマラソンを走りきり、棒のようになった脚を天城がマッサージしてもくれた。

そうして、連休最終日。実友は天城と連れだって、学校へ向かった。


「いや、すんません。実は河合ってものすごいぼけてるから、変な奴に騙されてんじゃないだろうなって、勝手に勘ぐってただけなんですよ」

天城を伴って現れた実友に、矢上も神野も、しばらくはぽかんと天城を凝視していた。我に返ったのはさすがに、矢上が先だ。

こんにちはと笑った天城に、慌てて頭を下げていた。常になく、緊張しているらしい。神野は彼女が天城を見てぼうっとなってしまったのに気づくと、彼女を連れてどこかへ行ってしまって、校内をまわるのは三人だ。

天城は物珍しそうに、あちこちを覗《のぞ》いている。

「カレシだっつーならそりゃ納得するんですけど、単に年上の友達って言われると、どうも」

「あー、それ。俺もそう思った。実友ちゃん、初対面だったのに俺をあっさり家に置いてくれたんだよね」

「……やっぱり」

　矢上がさんざん天城に会わせろと言っていたのは、そんな理由だったらしい。驚くやら情けないやらで口を挟めない実友をよそに、二人はあれこれと話を弾ませている。

　一番盛りあがったのがパズルと数学の話というのが、どうにもついていきがたい世界だ。

「河合、世の中に悪人なんていないって思ってんだろ」

「そんなこと考えてないよ」

　実友が天城を信用したのは、隣人である桐沢の部下だと言われたからだ。だいたい、実友を騙したところでなにも得るものもない。それになにより、桐沢や天城が実友に示してくれた好意が、とても嬉しかったからだ。

　父にさえ顧みられない自分を、知りあったばかりの人たちが気遣ってくれた。それが、信じられないような幸運に思えたからだった。

　自分がいびつであることを、実友は自覚している。誰彼なく信用するというより、関心を示してもらえる、それ自体がたまらなく嬉しくなって、無条件で受けいれてしまう。

　いつか裏切られたとしてもそれは当然のことなのだと、覚悟はしている。あとが辛くても、まるきり無関心にされるよりはマシだと思っているだけのことだった。

「いい友達だね」

　天城が実友の袖を引き、耳元でこっそりと言った。

「はい」

矢上は実友といるのが楽なんだと言うが、実友にも、矢上の存在はとてもありがたい。そこまで心配してくれていたとは、さすがに思いもよらなかった。

(俺って、いろいろ鈍すぎ)

鍵を失くしたときも、今度のことも。矢上があれこれと心を砕いてくれるのを、いつもあとになって気づかされる。

「そうだ。河合さ、天城さんにあれ相談してみれば。俺なんかより、いい案あるかもしれないだろ」

「あれ、って」

「大学。ホッカイドーのこと」

矢上が言うのに、天城は「北海道？」と実友をまじまじと眺めてくる。

「えっと、……実はちょっとあって」

「俺でいいなら、話聞くよ」

そうしろ、と矢上が言った。

「こいつ、四月になってからずっと、それでぐるぐるぐるぐる煮えちゃってんですよ」

「なるほどねえ」

ぽん、と天城が実友の頭を叩き、髪をくしゃくしゃに撫でてきた。泣きたくなるようなその手の優しさに、これは桐沢と揉《も》めたことを知られているのだと、今度こそ実感した。

あのタイミングで現れたのだから、知られていても当然だ。まさかと否定してしまったのは、なにもかも否定してしまったほうが楽だという、自分の甘えなのだろう。

期待しなければ、失望せずにすむ。騙されても仕方がないだとかわかってもらえないだとか、はじめからなにもかも否定して、誰でもない自分を楽にしていただけだ。

（これじゃ、桐沢さんが怒ってもあたりまえだ）

わかってもらえるまで、きちんと話をすればよかったのだ。そうして、離れたくないのだと、彼に言ってみればよかった。

今さら気づいても、もう遅いかもしれないけれど。


校内を見終わってから矢上と別れ、天城と二人でとぼとぼと帰り道を行く。家に帰るとすぐ、それが桐沢と揉めた原因かと直球で訊かれ、実友は泣き笑いの表情を浮かべた。

「桐沢さんと喧嘩したこと、やっぱり知ってたんですよね」

「そりゃね。つーか、あの阿呆《あほう》が実友ちゃんにひどいことしたってへこんでて。俺に様子見てこいってさ。自分で行けって言ったんだけどね。あの根性なし」

「俺が隠しごとなんてしようとしたからです」

留守電を聞かれてしまって、おまけに、実友が言いかたを間違えたせいで拗れてしまったのだ。あれ以来、桐沢とは連絡がとれないままだ。

ひととおり天城に説明して、実友は肩を落とした。

「あー……。それね、実友ちゃんを避けてるんじゃないよ。断言してもいい」

「でも」

「あのね。この時期は毎年そうなんだ。四月頭くらいから、ちょっとあの人挙動不審じゃなかった？」

「挙動不審、ですか？」

いつもよりずいぶん、疲れていた。天城が言った時期くらいから、というよりは春休み、実友が父の家から戻ってきたあの日から、ずっとだ。

「そお。あのね、明日が優《ゆう》さんの命日なんだ。桐沢さんの兄貴が死んでるって、知ってるよね」

「あっ……」

実友は目を瞠った。

(そうなんだ。それで――)

ばらばらだったものが、その言葉ですべて繋がっていく。

疲れていた様子だったのも、一緒にいるといつも実友に触れていたのも。この時期に喪った亡兄のことを思い、傍で生きている人間をたしかめたくなったということなのかもしれない。

（あのときも、もしかしたら）

北海道から戻ってきた日だ。実友を迎えた彼は、あまり口にしない洋酒を呑んでいた。見咎められて話を逸らしたのは、もういない人を偲《しの》んでいた、とも考えれば納得できた。

（そんなときに、俺のことで怒らせちゃったんだ）

なんてタイミングが悪い。心労のたまった彼に、実友までがひどい言葉を投げつけてしまった。

知らないからといって、許されることじゃない。

（でも——）

謝らなきゃ。ごめんなさいと言って、それで許されるなんて思わないけれど、でも。

このままには、しておきたくない。

あんなふうに揉めたのに、桐沢はそれでも、実友がどうしているのかと、天城をよこしてくれた。その気持ちにせめて、応えたかった。

「命日の前後、二、三日か、せいぜいプラマイ一日くらい？　この時期だけは、兄貴の奥さんの美佳《みか》さんと一緒にすごしてる。あれもなかなか、お互いにしんどいんだと思うんだけどね」

懐かしげに目を細め、天城が口を開いた。

「桐沢さんってさ、兄貴にえっらいコンプレックスもってんのよ。優さんが死んじゃったこと自体より、代わりにならなきゃなんないってそっちのほうがしんどくて、この時期になるといっつも態度がおかしくなんの」

「あの。……俺、ほとんどなにも知らないんです。聞いてもいい範囲でいいから、教えてもらえますか」

もう、なにもかも遅いかもしれない。それでも、少しでもいいから桐沢のことが知りたい。どんなに小さなことでも、できるだけ。

（…………！　そうか）

桐沢との喧嘩《けんか》の日。彼は「実友のことが知りたい」と言った。もしかしたら、こんな気持ちだったのだろうか。

「そうだね。俺もあんまり詳しくないんだ。ホントは、支倉のほうがつきあい長いんだよなあ。まあわかるところまで、だけど。優さんてのは足も速くない、力も強くない。美佳さんと腕相撲《うでずもう》して全敗。頭だって特別キレる人じゃなかったし、あたりまえの、ものすごく普通の男、だよ。その優さんに、桐沢さんはどえらい劣等感抱えこんでた。たぶん今も」

なにせ乗りこえるまえに相手がいなくなっちゃったからね。不戦敗みたいなもんだ。天城はそう続けた。

「そうなんですか？」

「うん。不思議だろ？　あのね、傍《はた》から見たらまるっきり逆だと思うよ。優さんが桐沢さんに劣等感もつなら、まだわかんの。でも逆」

「どうしてなんでしょう」

「うーん……。優さんてのはつまり、ものすごく度量の広い人って言えばいいのかなあ。誰かと競争しようとかそういう気が、本当にからっきしない人でね」

天城は過去の記憶を掘りおこそうと視線を宙に向け、ぽつりぽつりと話しはじめた。

「足りないことを知ってた、っていうのかな。たとえばだけど、年下の俺や桐沢さんが、あの人が読めないものを読んだり、解けない数式を解いたりするとするだろ。そうすっと『すごいね』って心底本気で感心してくれちゃうわけ。で、どうやればいいのか教えてってまじめに頼んでくるんだ」

普通、年下の小僧になんか真面目《まじめ》に教えを請うことってあんまりないだろ。そう言って、天城は口元に苦笑をきざんだ。

「俺もそうだし、桐沢さんもね。なんかやっぱ、嫉妬《しっと》みたいのとかあるわけよ。でもあの人には欠片もそういうのがないの。ああ、そういや実友ちゃんもそういうタイプだよな」

「そう……ですか？　でも天城さんたち、俺よりずっと年上だし」

桐沢の兄と同じだと天城に言われても、実友にはぴんとこなかった。なにせ実友にとって桐沢も天城も自分より遥《はる》かに年上で、しかも考えるまでもなくとても優れた人たちだ。何度も勉強を教わったり試験のやまをかけてもらったりで助けてもらってもいる。そんなことをやっかもうなんて、考えることさえなかった。

「いや俺だけじゃなくてさ。うーんとたとえば、クラスの子とか。あの矢上って子、すごい賢いって褒めてただろ」

「本当だからですよ。俺なんかもう比較にならないくらいです」

「ほら、そういうとこ」

言葉尻《じり》をとらえて、天城が実友を指さしてくる。

具体的に言われてもやはり、よくわからなかった。実友にとって成績というのはわりあいどうでもいいことで、真面目に勉強していたのは単に暇をもてあましていたのとそれに、父に褒められたかったというそれだけだ。

あの父が実友の成績表をきちんと見ているかどうかはわからなかったし、一度としてなにか言われたこともなかったのだけれど、それでも。

「まあ、わかんねえだろうなあ。んーであの人が俺たちに頼んでこられると、しょうがねえなこの人が言うなら、なんとかしようかなって思えちゃうんだよ。理由なんかわかんないけど。もうねー、頭とか力なんかで勝ったところで、そんなもん勝ったって言えないのよ。存在自体が負けてる感じ？」

ここからが本番ね、と天城が言った。実友は姿勢をただし、彼の話を一言も聞きもらすまいと、ひたすら黙って耳を傾けた。

「桐沢さん、見りゃわかると思うけど。あのカオであの図体《ずうたい》で、しかも賢いお坊ちゃんなのよ。またこれが面白いくらい正反対になーんでもできる人でね。でも、兄貴はそういう男で、なにをどうしたってかなわないってわかってるもんだから、いくらそれで闘おうとしても、はなっから勝負になんないのね」

実友が聞いているのを確認して、天城は先を続けた。

「プライドたっかーい人だからさあ。負けたって認めたくないんだけど、頭じゃなにやったって無駄だってわかっちゃいるんだよね。しかも自分も結局、兄貴好きじゃん。傍にいると苛々して、苛々する自分がすげーみっともなくて嫌で、だから留学にかこつけてトンズラしちゃったくらい」

兄が会社を興したのなら、自分はまったく違う道で。そうして選んだ考古学の世界だったが、けれど、その道は他でもない兄の死によって、唐突に絶たれた。

亡兄にゆだねられた会社を、桐沢はなにがあっても潰すわけにはいかなかった。けれど兄のやりかたと桐沢のそれとでは当然ながらまったくアプローチが異なっていて、その違いさえ、桐沢には苦いものなのだ。

そうだったのか、と、知らされた桐沢の一面に、実友は目を瞠る思いだった。

誰かの遺志を引きつぎ、自分の好きなことを捨てた。実友がもし同じ立場だったら、そんなことができただろうか。

(無理、かなあ)

とても不可能だと、試すまでもなく諦めたに違いない。せいぜい、誰か信頼できる人に預けるくらいしか、できそうになかった。

(でも、桐沢さんはやったんだ)

ただ会社を運営しているという責任だけじゃなかった。桐沢は兄の遺志というものまで背負っていたのだ。

あらためて、すごい人だと実感させられた。そうして、彼が疲れているわけも、ほんの少しだがわかってきたような気がした。

「桐沢さんは桐沢さん、でいいじゃん。俺なんかそう思ってるし、他の連中だってそう。でもあの人だけが、それじゃ駄目だって思いこんでた。そういうジレンマみたいのがずっとあって、でも実友ちゃんと会ってだいぶ、柔らかくなったんだけどねえ」

「……俺が、怒らせちゃったんですね」

「違うよ。話はだいたい聞いた。あれはどっちもどっちでしょう。桐沢さんもおとなげなかったし、実友ちゃんも黙りすぎ」

きみたちはもうちょっとまともな会話をしなさいと、天城が呆れたように言った。

「この時期で、しかも悪いことに会社の拡大路線なんかが決まっちゃってね。忙しいところへもって気持ちに余裕なくて。つい感情垂れながしになっちゃったみたいよ」

まーへこんだへこんだ。この世の終わりみたいな顔して、会社来てやがった。

そこだけは軽い調子で、天城が言った。

「すっげえ反省してるくせに、実友ちゃんと連絡もできないでやんの」

大事なことを黙っていた実友に怒って、連絡をくれないのだとばかり考えていた。だから天城の口から聞かされた桐沢の姿は意外で、実友は驚くばかりだ。

「携帯に、電話したんですけど。電波がとどかないってアナウンスだけで」

「それはホント。優さんの墓のあるのって山ん中でさ。あのあたり、携帯のアンテナなんかないんじゃないかなあ」

それが本当なら、いいのだけれど。天城の推測が正しいのかどうかは、桐沢に訊ねる以外、確かめる方法はない。そしてそのためには、彼と会わなくちゃならない。

けれど桐沢は、今さら実友の言葉など、聞いてくれるだろうか。

「ま、どっちかっつーとありゃ墓参りにかこつけて逃げまわってんのかもしれないけどな。なに甘えてんだかね、あの男もさ」

「甘えて、ですか？」

「そうよん。おとなだって甘えたいんです。っつーか、俺も、桐沢さんも支倉も。実友ちゃんが思ってるほど『おとな』じゃないんだよ」

意味がわからず、実友は首を傾げる。

「なにもかも悟ったような顔なんか、表面だけってこと。内心、結構ぐちゃぐちゃなんだよ。それに、歳をとればとるほど傷の治りが遅くてね」

一度傷つくと、若いころよりもダメージが大きい。擦り傷と一緒で、若いうちのほうが治りは早いのだ。いろいろと経験をしてしまっているからこそ、傷がつかないようにと予防線を張ったりもする。

そういう狡《ずる》さばかりを身につけて、中身はあまり変わらないと、天城が話した。

似たようなものだ。実友にはその『経験』こそないが、同じように予防線を張っていた。

それですれ違ってしまったのだ。

「んでまあこっちはトシくってるっていう感覚もあるからさ。どうにかして見栄《みえ》つか格好つけたいわけですよ。まえにも、終わった途端にぶっ倒れるような男だったじゃないですか。あれだって、実友ちゃんの前じゃ精一杯オトナでいたいのね。好きな人のまえじゃ、精一杯、いちばんいい自分、でいたいだろ？」

「それは……、はい」

わかります、と実友は答えた。

あのころ。実友が桐沢に頼まれて彼の家で寝起きをしていた時期、少しくらいは役にたてていたのだろうか。

あんなふうに実友に触れたがったのは、天城の言うとおり、実友に「甘えて」いてくれたんだろうか。疲労した神経を休ませ、他のあれこれを忘れたかったからなのか。

食事を作ったり、膝枕をしたり。おかえりなさいと声をかけるだけで、桐沢はとても嬉しそうに笑ってくれた。

(休ませてあげられてたんだったら、いいんだけど……)

けれど最後には、怒らせてしまったのだ。もう少し実友がおとなだったら、桐沢の意をくんでもっと上手くやれていたのかもしれない。

自分が子どもでしかないことが、とても苦しかった。

「実友ちゃんは、どうしたい?」

訊ねられ、答えはするりと口からこぼれた。

「謝りたい、です。それで、できればどうしたらいいか、桐沢さんにも聞いてほしい」

苦しかったけれど、今度こそ間違えたくない。失敗を取りもどすことができるなら、一生懸命に謝って、もう一度やりなおさせてほしい。

実友のぎこちなく懸命な返答に、天城は満足そうに微笑んでこう告げた。

「うん、いいお答えでした。……それじゃ、俺は行くね」

「え、どこへ?」

「どこって会社。一応お役目ごめんだし」

唐突な声に、いきなり放り投げられた気がして実友は狼狽えた。けれど天城はふわりとした笑顔を浮かべたまま、「仕事しなくちゃねー」と言うだけだ。

「まあそれにここから先は俺が説明してもいいけど、あとは本人同士で話しあうといいよ」

「……はい。わかりました」

唐突に仕事を忙しくした事情だとか、桐沢が今なにを考えているのかだとか。そういうのは実友が自分で訊かなきゃきっと駄目なのだ。そう思ってうなずけば天城はぺろっと舌を出す。

「今日もたいがい、お節介かなと思ったんだけど」

「え、そんな……お節介だなんて」

「ただ様子見てこいって言われただけだし、ほんとはよけいな口出すなって口止めもされてたんだけどさ……ほっとけなかったんでつい」

じつはここまで話すことも、桐沢は止めたしかなり迷ったのだと、天城は飄々とした顔を少し歪《ゆが》めて笑う。

「俺は以前、実友ちゃんにとんでもない迷惑かけちゃったからな。この程度でチャラになるとは思っちゃいないけど、それくらいはさせてもらうかなと」

「ありがとう、ございました」

天城がこうして動いてくれなければ、膠着《こうちゃく》状態は変わらなかっただろう。だから実友はぺこりと頭を下げる。

「これから先は、自分でがんばります」

しっかり言いきると、天城は軽く目を瞠り、もう一度「いいお返事」と笑った。

何時に戻るかわからない。その日に戻ってくるのかさえも。それでも実友は彼が戻る予定の日、玄関のまえでずっと、桐沢を待った。

押しつけがましいかと躊躇《ちゅうちょ》する気持ちもあるが、なによりもどうしても、桐沢に会いたかった。会って、どうしても伝えたいことがたくさんあった。

もう深夜といってもいいような時間。エレベーターが開き、見慣れた姿が降りてくる。彼は実友の姿を見つけ、驚いたように目を瞠った。

「……実友…………？」

「おかえりなさい」

ぴくりとも動かなくなった桐沢に、実友は走りよってしがみつく。逃げられないように首筋に腕をまわし、ぎゅっと力をこめた。

「ごめんなさい。俺、あの」

「――すまなかった」

実友の声をかき消して桐沢の声が届く。コンクリートの外廊下に、うわんと響いた。

桐沢の手のひらが、実友の頬を包んだ。そろそろと形をたしかめるようにたどり、「本当に実友なんだな」と感嘆の声をあげた。

「そんな、大袈裟です」

桐沢の言葉がくすぐったくて、実友はつい笑ってしまう。けれど彼は真顔のまま、「ここにいるとは思わなかった」と言って、長く息をついた。

「いい加減愛想つかされて、北海道にでも行かれたかって思ってたからな」

「それ、は――」

行きたいわけじゃない。ただ、引きとめてもらえなかったらと躊躇していただけだ。きちんと伝えていなかったせいで、桐沢をこんなふうに苦しめてしまった。

「ごめんなさい。俺、それは」

「本当に、ごめん」

実友の声に被《かぶ》せ、悪かった、と桐沢が何度も言った。実友が口を挟む余地などないくらい、繰りかえし謝ってくる。

「置いていって、ごめん。連絡もとらなくて、本当に悪かった。いろいろ自分で整理つかなくて、落ちつくまでなんて思ってたんだが、そりゃ言い訳だな」

桐沢は実友の頬から肩へと手のひらをずらしていき、細い身体をしっかりと抱きしめてくれた。そうして、胸元に実友の顔を押しつけ、髪を撫でる。

しばらくはただじっと、その場でいつまでも抱きあっていた。腕の中にある身体がたしかにお互いの姿なのだと、幻のように消えてしまうのじゃないかと怖《おそ》れるように、ひたすらに腕に力をこめた。

がたんとどこかで微《かす》かな音が響き、桐沢がぴくんと動いた。

「……入るか」

片腕では実友を抱いたまま、桐沢がドアを開ける。部屋に入るのももどかしく、閉じたドアに凭《もた》れ、またお互いを抱きしめる。

「あの」

「ごめん」

もういいのに。自分こそ謝りたいのに、桐沢はそればかりを繰りかえしている。

「もう、いいです。それに俺だって、謝りたかったんです」

「なんか気の利いたこと言って謝ろうって、帰りのあいだ中考えてたのに、なにも思いつかなかった」

「だから」

違うことを話そう。離れていたあいだに実友が考えていたことや、それに天城から聞かせてもらったあれこれを、桐沢に伝えたい。

彼のいないあいだ、一人ですごす一日が、どれほど長く味気なく感じていたかも。

話しながら、桐沢は実友の頬や額《ひたい》に口づけた。あちこちを舐められ、実友はくすぐったさに肩をそびやかす。

「……やっ」

耳朶《じだ》を食《は》まれ、ひゅっと喉を鳴らした。

「みっともない姿晒《さら》したって、それが嫌で。でもそんなこと言ってる場合じゃなかった。俺には実友以外、失くして困るようなものなんかないのに」

「桐沢、さん……」

言葉が、じわじわと実友の中に広がっていく。

本当だろうか。本当に、そんなふうに思ってくれているんだろうか。……自分と同じように。

「どうせさんざん、だらしないところ見られてんだから今さらだよな。ぐずぐずしてたから、こんなふうに先をこされた」

「え？」

実友が顔をあげると、桐沢は苦笑を浮かべた。そうしてまた、眦《まなじり》に唇が触れる。

「兄貴の墓に花束だけ叩きつけて、急いで戻ってきた。真っ先に、実友の顔が見たかったたんだ。それで、きちんと謝ろうと思ってた。――それと」

桐沢が、実友の頭をぎゅうっと自分に押しつけてくる。とくとくと速い彼の心臓の鼓動が、実友に伝わってきた。

「好きだ、愛してる」

「きりさわ、さ――」

「愛してるんだ。……あんまり使い慣れないから、なんか嘘くさく聞こえるけどな、他になんて言っていいかわからない」

ぶわっと頬が赤くなった。

低く響く声がまっすぐ、実友の心を直撃した。

「好きだ。……誰よりも、他のなにより実友が大切なんだ」

「も、もういい、……です……っ」

嬉しくて恥ずかしくて照れくさくて、とにかくありとあらゆる感情がぐちゃぐちゃに絡まりあい、混乱して涙まで浮かんできた。

「実友、……好きだ」

「もういいですっ、ほんとに、もういいです……っ」

これ以上言われていたら、脳が沸騰してぐずぐずに溶けてしまいそうだ。

「俺、あの」

同じ言葉を返そうとした声は、途中で消えた。乾いた唇の感触が、実友の吐息ごと奪いさっていく。離れたくなくて、実友はなお強く、腕に力をこめた。


ぴったりと身体を寄せあったまま、もつれるようにして寝室へとなだれこんだ。桐沢の手はいつになく乱暴に実友の衣服を剝《は》ぎとり、すべて脱がしてしまうと、自分のそれも同じようにして床に投げ落とす。

「ちゃんと話さないといけないって、思ってるんだがな」

でも、おさまらない。あちこちに口づけながらぼそと囁いた桐沢の声に、実友はぎゅうっと背にまわした腕に力をこめて応えた。

(もう、いい)

こうして抱きあっていると、他のことなどどうでもいいような気がしてくる。実友にとって大事なのは桐沢と二人でいることで、それ以外のなにも代わりにはならない。

このまま会えなくなったらどうしよう、このまま、もう抱きしめてくれなくなったらどうしようとそればかりが怖くて、この腕を取りもどせるのなら、他にはなにもいらないと思えた。

「実友が不足してて、どうかなりそうだった」

桐沢は笑いながらそう言って、ベッドに仰臥《ぎょうが》した実友の首筋に唇を落とした。

「……それ、まえにも言ってましたよね」

「言ったか？」

話しながらも桐沢の指や唇はとまらない。実友の肌を覆いつくすような勢いで、あらゆるところへ触れていく。

「言ってました……、よ…っ」

乳首を摘《つま》まれ、声が跳ねあがった。すぐにきゅんと硬くなったそれを、指の腹がころころと転がすようにして弄ってくる。

「ここ。小さくて、すぐ硬くなる。こうやって弄ってるととれそうだな」

掠れた声に言われ、実友はふるりと首を振った。

「や……ん」

求められて膝を立て、脚を開いた。射るほど見つめられて恥ずかしいのはたしかだったが、それ以上にとにかくひどく気が急《せ》いていた。早く早くとそればかりで頭がいっぱいで、躊躇いを吹きとばしてしまう。

身体を繋げて、奥の深いところで桐沢を感じたい。あの熱いもので貫かれて、自分が彼に抱かれているんだと実感したかった。

以前に感じた溝のようなものも、もう今はない。逃げるためじゃなくただ愛されたくて、愛したくて抱きあうだけだ。

そのためなら、なんでもする。なにを要求されても応えてしまうだろうと思う。

（だって、桐沢さんだから）

桐沢は実友を貶《おとし》めるようなことはしない。意地悪な言葉で揶揄われたりはするが、それで身体の熱が高まることはあっても、矜持《きょうじ》を傷つけたりはしなかった。

心と身体と、その両方を預けきってしまっても大丈夫なのだと、神経のすみずみまでが知っている。

「ひゃうっ」

桐沢は実友の脚を摑み、高く掲げさせた。そのまま膝頭に口づけ、足首を唇でたどり、踝《くるぶし》を齧《かじ》る。足指を一本ずつ唇に含み、あいだの薄い皮膚を尖《とが》らせた舌でくすぐった。

びく、びく、と実友の平らな腹部が揺れた。彼が触れているところもそれ以外も、身体中が火照《ほて》ってむず痒《がゆ》くて、少しもじっとしていられない。

繰りかえし口づけをかわした実友の唇は、ぷっくりと赤く腫《は》れあがっていた。乾いた唇を自分の舌で舐め、口づけが欲しくて濡れたそれを開いた。

「俺も、桐沢さんが、足りな、か——った、から……」

もっとたくさん欲しい。口づけも抱擁もなにもかも全部、五感すべてで桐沢を感じたい。くださいと言うまえに与えられ、求めた以上の激しさが実友を燃えたたせた。

ゆらゆらと揺れる腰を摑まれ、ぱたりとシーツの上で反転させられる。うなじから背骨を伝い、唇がじりじりと下のほうへと這《は》いおりていった。

促《うなが》されて腰をあげると、彼の膝で脚のあいだを割られ、大きく広げさせられる。背骨のつけねのあたりを強く吸われてぐうっと背をしならせ、実友はあえかな声をこぼした。

大きな手が尻《しり》を摑み、親指がめりこむほど強く握った。そのまま肉を開いて、奥でひっそりと息づく後孔を暴いた。

伸ばした舌が、ひたりと窄《すぼ》まりの表面に当てられる。

「あ、っ。は、……んんっ」

生温かく濡れ、柔らかなものがそこをぞろりと舐めていく。敏感な皮膚を丹念に舐めねぶられ、滴るほどの唾液《だえき》に濡らされた。溢《あふ》れたそれが皮膚を伝わり内腿へと流れ、その感触さえ実友を震わせる。

「実友」

指に拡《ひろ》げられ、奥まで舌に愛される。そのたびに襞《ひだ》がひくひくと蠢《うごめ》き、もっと欲しいとあさましく訴えていた。

「は、い…っ」

上ずる声で答えると、彼は実友の腕をとる。そうして、実友の脚のあいだへとその手を運んでいった。

「自分で、して。ここ――」

「……！　できなっ」

とんでもない。指先が熱いものに触れたのに、実友はぱっと手を放そうとした。けれどなお強く手首を摑まれてしまい、それもかなわない。

「してみせてくれ。それでもっと、いやらしくなって」

全部見せてほしいと言われた。誰も知らない実友の姿が見たいと言われて、実友はごくりと喉を鳴らした。

「……ぅ……」

目を瞑り、そうっと手を動かす。

「ふ、あ……っ、ああんっ」

おそるおそる手で触れた自分のものは、思っていた以上に熱くなっていた。指を動かすたびぴくんと揺れて、じいんと痺れた。

「ん、んっ」

唇を嚙み、自分のものを弄る。最初のうちは恥ずかしさが先にたちぎこちなく手を動かしていたが、その動きに逆に身体がもどかしくてたまらなくなり、次第に指がなめらかに動きはじめる。

（見られてる、のに）

彼に見られながら自慰めいたことをする、そのはしたなさがたまらなく恥ずかしいくせに、うずうずと凝《こご》るそれを弄るのがやめられない。

「……こん、な……、あ……っ」

実友を愛撫しながら、桐沢はベッド脇《わき》にある小さいチェストの引きだしへと腕を伸ばした。乱暴に開けて中にあるチューブを探りだすと、弾みで引きだしががたりと音をたてて床に落ち、中身が散らばった。

「なにを焦ってんだかな」

自嘲気味に呟かれた声に、実友は喉を震わせて喘いだ。急いているのは、実友も同じだ。ぬめる指にそこに触れられ、深く息を吐いて緩める。ずるりと侵入してきた長い指を食いしめ、ぞくぞくと背をおののかせた。

焦っていると言いながらも、桐沢の指は優しく丁寧だ。薄く敏感な皮膚を少しでも傷つけたりしないよう、そうっと押しひろげては軽く押し、じっくりと内をほぐそうと動いた。その間にも実友の手は休まず動き、自分のものを昂《たかぶ》らせた。

「も、……ぁ、——い、……っちゃう……っ」

いっぱいに膨らんだものが、手の中で今にも弾《はじ》けてしまいそうだった。これ以上は駄目だと手をとめてどうにかこらえようと息をつめても、奥を弄られる感覚に腰が揺れ、それが刺激になってしまう。

「いいよ。いって」

「だ、……って」

「いきたいだけ、いけばいいさ。俺がそうしてるんだからな」

感じてくれなかったら却って困ると、桐沢が笑う。そこを舐められながら話され、声の振動さえ実友を追いつめていく。

「や、ん……っ。い、……く、い…………っちゃ。……ああああっ」

ぶるっと胴震いをして、実友は自分の手に体液をこぼした。びゅうっと飛びちったものが、指のあいだからこぼれ、シーツに滴る。

「…………ぅ…………」

がくりと身体を頽れさせ、シーツに突っ伏して荒い息をこらえた。桐沢の唇がその部分から離れ、達したばかりの実友の肌を柔らかく啄《ついば》んでいる。

実友の身体を正面から抱きなおし、桐沢がふたたび指を動かしはじめた。

「んぅ、……く、ん」

ほどけていく窄まりの奥で、桐沢の指がぐるりと円を描いた。そのまま内襞を抉り、実友の感じる部分を擦《こす》る。指先でひっかくようにされると、内がざわりと蠢く。総毛だつような感覚が走り、実友は喉が嗄《か》れるまで声をあげつづけた。

「んゃ、そこ、ばっ……かり……っ」

駄目になっちゃうと泣けば、駄目になればいいとそそのかされる。さんざん泣いて腫れた目元が痛くて、きっと明日はひどい顔になっていると思う。

それでもよかった。この身体が彼を受けいれられる、それだけで実友は幸福だ。もしかしたらもう二度となかったかもしれないこの時間を熱を、ふたたび感じられるのだから。

彼の背にまわした手で、広い背中のあちこちを探る。そのはりつめた筋肉の感触に、いつか手にした彼のものを思いだした。

「あの……しても、いい、……ですか？」

どきどきしながら、実友は嗄れた声で桐沢に訊ねた。彼がくれるのと同じとは言わないが、わずかでも感じてほしいと思う。そして自分の手で彼が感じてくれるのを、また知りたいと思った。

「それは、今度な」

「ど、…して。んんっ」

情欲に掠れた、けれど優しい声に断られてしまい、実友はそんなに下手だったかと悄気《しょげ》る。がっかりした実友に「そんなことされたらまずい」と彼が真面目な声で告げた。

「今でさえ、結構もういっぱいいっぱいだ」

「だったら――」

ならば、ください。触ってはまずいくらいなら、身体の奥深くに欲しいとねだる。

「まだキツいだろ」

「へ、き……です」

もうだいぶ柔らかくなっている。それに、多少痛くたってかまわない。気持ちよくなれるのは嬉しいけれど、それ以上に、桐沢に気持ちよくなってほしいと思うのだ。

実友だけが悦《い》いなんて、それじゃなんのためにこうしているのかわからない。

「俺も……、だって……っ」

桐沢が悦《よ》くなくちゃ嫌だ。我慢なんて、してほしくない。実友が渡せるのなら、たとえどんなものだろうとそれはすべて、彼のために存在するのに。

「くれない、です…か……？」

駄目だというのならと手を伸ばしかけると、桐沢がしょうがないなと息をついた。

「きつかったら、ちゃんと言ってくれ」

「う、んっ」

脚を掲げられ、身体が二つに折りまげられる。苦しい体勢のまま、実友は自分から膝を折り、その部分を彼の眼前に晒した。

「――――ぅ、あ、あ…っ」

彼が入ってくると、ぐじゅ、と熟しきった果実が潰されるような鈍い湿った音がした。きつく収縮するそこにじりじりと桐沢のものが挿入《はい》りこみ、狭い内を拡げながら奥深くへと進

んでくる。

さすがに苦しくて、実友は浅く速い呼吸を繰りかえした。覚えたやりかたで、どうにか力を抜こうとする。

「きついか……?」

ひたりと動きをとめ、桐沢が囁く。わずかに退かれたのに気づき、実友はぎゅうっと彼にしがみついた。

「だ、めっ」

やめちゃ嫌だ。もっと。息をつく合間に、おねがいだからと繰りかえした。

「やめ、ないで……っ」

「ったく、本当に頑固だな」

急がなくてもいいのにと言って、桐沢が実友の額に口づける。

「キス、……欲しい………」

唇が淋《さび》しいからと言うと、すぐに桐沢のそれが重なってきた。もっと深くと唇を開けば、舌がするりと入りこんでくる。

軽く吸って、根元が痛くなるほど強く絡める。口腔《こうこう》の感触を貪《むさぼ》るように彼の舌が動き、実友もそれに応えた。唇の隙間《すきま》を舌で抜き挿しされると、まるで今、彼が入っている場所にそうされているような錯覚に陥り、ぞわりと肌が粟《あわ》だつ。

「あ、ふっ」

深い口づけの感触に浸りきると、身体が蕩《とろ》けていくのがわかる。奥の部分までがどろりと蕩けて、桐沢の侵入をたやすくした。

「……そのまま………」

熱塊にむずむずするそこを擦られ、痛みではない意味でそこがきつく収縮する。

「あああんっ」

あがる声は明らかに快感を迸《ほとばし》らせ、それが桐沢にも伝わったらしい。じれったいほどゆっくりだった動きが、なめらかに速くなっていく。

「……い、……んっ」

すごくいい。最奥を先端に擦りあげられ、実友は譫言《うわごと》のように呟いた。

「ここ…？」

「う、ん。……そこ……っ」

もっと欲しい。強く、激しくしてほしい。身体がぐちゃぐちゃになるくらい、桐沢でいっぱいになりたい。

実友が言うたび、桐沢が喉を鳴らす。険しい表情を浮かべて、実友の身体を穿《うが》った。

「……、あああぁっ」

求めれば、求めただけ与えられる。内奥で動く熱塊は襞を擦り、奥を抉っては引き抜かれる。抽送は次第に深く速く、激しくなっていく。

桐沢の息も荒く、その息が耳朶を掠《かす》めた。

熱い吐息がかかるだけでも、まるで剝《む》きだしの神経をそのまま弄られたように、腰がびくんと跳ねあがってしまう。

苦しくて辛いのに、それ以上に身体が蕩けるほど気持ちよかった。

「そ、こぁ……い、……っ」

ぐじゅ、と湿った音をたてて動くものを強く銜《くわ》えこみ、実友も自分から身体をくねらせた。

もっと、と欲求のままに腰を揺すりたてると、桐沢がタイミングをずらして奥を刺激してくる。

「あっあっ、そ、も……い……っ」

「ここか」

「う、ん…っ。そ、こ………ん…、あぁあんっ」

いい、とか。もっと深く、とか。思いつくままに実友は奔放な声をあげた。ねだればねだるほど、桐沢がくれるからだ。

突きあげられ、奥をかき回されて、はしたない言葉を零す。

「い、……き、もちい……よ……っ、も、あ………ッ」

もうだめ、と喘ぎまじりに言うと、桐沢が限界かと訊ねてくる。がくがくと首を振って応

える と、桐沢の動きがいっそう速くなった。

「ん、も……い、……くぅ……ぁ、ふ、い、っちゃ……ッ！」

びくんと大きく身体を跳ねさせ、実友は絶頂を迎えた。弾けた体液は、自分の頬にまで跳ねとんでくる。身体の奥に広がる温かなぬめりが、桐沢もまた遂げたのだとしらしめてきた。

「ゃ……ん」

頬に散った体液を、桐沢が舌で拭った。まだ彼は奥に残ったままで、そこが収縮するたび、彼の存在を感じる。

（……あ、だめ……っ、また）

ぞくん、と腰が震えた。ぴったりと実友の奥を塞いだものが、また欲しくなってくる。

「どうした？」

桐沢に知られないようにと甘だるい身体をもぞもぞと動かすと、気づいた桐沢が実友の顔を覗きこんでくる。

「なんでも、ない……です」

「実友。……言って、全部」

感じたことも、欲しいものも。言葉でも体温でも、実友が欲しいのならいくらでもあげられる。だからもう隠そうとするな。桐沢が静かな声で言った。

「黙っててすれ違うのは、もう真っ平だろう。お互い」

「で、も」

これは違う、ような気がする。

「『でも』はなし。ほら」

実友がもう一度と求めていることを、彼はとうにわかっているのだろう。じわじわとまた熱くなりはじめる身体は、抱きあっていれば隠しようがない。

「……もっと。ください――」

たくさん欲しい。実友がぼそぼそと呟くように言った。

脱力しきった実友の身体を、桐沢が強く抱いてくる。力の入らない腕で、実友は懸命に彼を抱きかえした。

会話もあまりないまま、桐沢と実友とは尽きない欲に浮かされるまま抱きあった。いくら求めても、最後には性器が萎《な》えたまま反応をしなくなってさえ、まだ彼が欲しかった。


「――ん、ふ……っ」

初めて、彼のものを口に含んだ。

実友の身体がもう反応しなくなって、彼はそこで行為をやめようとしたのだ。まだ桐沢のものは熱いままで、我慢などしてほしくなかった。だからどうしてもしたいと実友が頼んで、ずいぶん躊躇う桐沢を、最後には強引に押しきるようにしてさせてもらったのだ。

（やっぱり、おっきい……）

実友の口ではとても含みきれず、余る部分には指を使う。懸命に舌を這わせ、顔を上下して刺激した。

ベッドに座り膝を立てた彼の脚の間にぬかずいて、実友は顎《あご》が痛くなるまでそれを愛した。

「ふゅ、……ん、む」

「苦しいだろ。もういいから」

「……や、です……っ」

頭に手を添えられ、外されそうになってもそこから顔をあげなかった。もうまずいから離してくれと言われ、逆に喉の奥にまでそれを呑《の》みこむ。えずきそうになるのをこらえて強く吸いあげると、桐沢の腹がひくりと揺れた。

「やばい、って」

「んんっ」

そっと歯をたて、口で覚えた彼の感じるところをくすぐった。

「――――っ」

頭上で、彼が呻く声が聞こえたのとほぼ同時に、喉に体液の飛沫《ひまつ》が当たる。ぶわっと口腔に広がったその味と勢いに、実友の身体が固まった。

「ん————…っ」

こほこほと噎《む》せ、ベッドにころりと転がってしまう。だから言ったのにとため息まじりの声が聞こえ、背中に手が添えられた。

「ごめん。大丈夫だったか」

「へ、き……で……」

彼がしてくれるようには上手にできない。咳《せ》きこみながら、実友はごめんなさいと謝った。

「莫迦」

衝動がおさまった身体を、桐沢がぎゅうっと抱きしめてくれる。

口づけられ、苦い口の中が彼の舌で拭いさられる。

「口、ゆすいでくるか」

そう言って、桐沢が実友の身体を抱きあげてくれる。

「ありがとな」

ふるりと首を振って、実友は彼の首筋にしがみついた。今度はもっと上手くできるかなと言えば、もう当分はいらないと言われてしまう。

「ど、して……？」

答えるより先に、桐沢は実友に口づけた。

「これ以上実友になにかしてもらうと、俺が贅沢になる」

「じゃあもっとする」

だから、もっと贅沢になってほしい。実友ができるすべてで、桐沢を愛したかった。

「これ以上惚《ほ》れさせてどうする」

「俺はもっと、桐沢さんが好きです」

くすくすと笑いながら、いつまでもきりなく、口づけをかわした。


「……実友」

「……はい……？」

彼の腕のなかで、実友はとろとろと微睡《まどろ》んでいた。名前を呼ばれのろのろと重い瞼《まぶた》を開くと、すぐ目のまえに真剣な表情があった。

「今から、みっともないことを言うが、聞いてくれ」

額にかかる前髪が、彼の指に梳《す》き流される。

行くな、とたしかな声が耳に届いた。

「親父だろうがなんだろうが、今さらそんなもんに渡せない。だから、どこにも行くな。なにがあっても、ここにいてくれ」

住む場所がないなら、この家に来ればいい。隣では気まずいというなら、引っ越したっていい。

　実友はまだ未成年で、保護者が必要なことはわかっている。ここで実友を父親の元へ送り届けるのが、もしかしたら大人の役割なのじゃないかとも思う。それでも離せない。

　桐沢の声が、実友の身体を包んでいく。抱きしめる身体以上に強く、実友を縛りつける。たとえようがないほど甘く、実友の中に溶けこんでいった。

「誰に文句言われようが、知ったことか。親父さんにばれたくないなら、一緒に考える。絶対に、俺がどうにかするから」

「……たい……」

「うん？」

　実友の声は掠れていた。それに胸にこみあげてくる感情に押され、上手く言葉にできない。それでも、これだけはどうしても言わなくちゃいけないと、実友は声を絞りだした。

「一緒に、いたい。ずっと。……俺、父さんのところに行けって言われたらって……、それで………」

　怖くて、言えなかった。

　どうか、わかって。

　祈りをこめて伝えた言葉は、桐沢に届いただろうか。実友はそれをたしかめたくて、桐沢に身体をすり寄せる。

体温と心臓の鼓動が伝わってくる距離に、桐沢がいた。

天城と話したことを、桐沢に抱かれたまま、実友はぽつぽつと話した。すべてを聞き終えたあと、桐沢が口を開いた。

「俺はそんなに頼りなかった？」

「そうじゃないんです。……俺、桐沢さんの邪魔になりたくなかった。なにも手伝いとかできないから、せめて鬱陶《うっとう》しいなって思われたくなくて。いろいろ、考えると怖くて、なかなか話せなかったんです」

ただ黙ってなにもかも呑みこんで、桐沢が穏やかでいられるようにと気遣えたらとずっと考えていた。そうじゃないと、そのうち、飽きられるんじゃないかと思っていたから。

「でも結局、怒らせちゃいました。莫迦みたいに、見栄はったりするから」

隠したままいられるなんて、ずいぶんと自惚《うぬぼ》れていたものだ。

「あれは、言っただろ？　俺が悪い」

また堂々巡りになりそうな言葉に、二人して苦笑する。

「あのな、実友。俺は一度だって実友を邪魔だと思ったことないぞ。何度もそう言ったよな。傍にいてくれればそれだけでいいって」

少し怒ったように言われて、実友は「ごめんなさい」とまた口にした。

「そうしないと、父さんみたいにいなくなっちゃうんじゃないかって——。だから」

言おうか迷ったが、結局そのまま彼に告げた。

「俺は君の親父さんじゃない。そうだな、どっちかっていうと、鬱陶しいって思えるくらい、一緒にいてほしい。だいたい電話くれって言ってもよこさないし、会いに来てもくれないだろ。あれは全部、本心だからな」

「……はい」

「遠慮されるのも、淋しいもんだ」

口づけて、桐沢が言った。

「無理なときは無理だって言う。お互い、それでいいだろう？」

「ちゃんと言ってくれますか？」

本当に、そうしてくれるだろうか。実友が言うと、桐沢は渋面《じゅうめん》になった。

「言うよ。実友も、そうしてくれ。あぁでも、たまに『無理だ』って言われてもきけないことはある、かもしれない」

にやりと笑って、桐沢が腰をすり寄せてくる。なにを意味しているのかを悟って、実友はカッと顔を赤らめた。

「も、もう。今日は……っ」

「わかってる。だから『たまに』だ」

「俺、あの。また口で……しましょうか」

もしかしたら足りなかったのかと、実友はおずおずと訊ねた。

「いいよ。だから冗談。本気にするな」

これだけで充分だと言って、深く甘い口づけをくれた。

しばらくまえから呑んでいた洋酒は、桐沢の趣味ではなく、彼の亡兄が好きだった銘柄だったのだそうだ。一年に一度、この時期だけは鎮魂や追悼、様々な意味をこめて、呑むようにしているのだと言った。

「実は洋酒の味ってよくわからなくてな。……どうも喉が薫製っぽいっていうか、おがくずっぽいっていうか。ひっかかる感じが苦手なんだ」

普段口にしているビールや日本酒が好みで、洋酒全般はさほど好きではないらしい。

「留学中、よく兄貴に買ってこいだとか送れだとか言われたよ。銘柄なんか知らないから向こうの友人に聞いたら、有名なんだぞって笑われた」

帰省するたびに頼まれて、どこで買っても一緒だろうって呆れたのに、「どうせ土産なら俺が欲しがるものがいいだろ」と電話の向こうで笑っていた兄の声。気の利いた土産など思いつかない自分を思いやってくれた言葉だろうと知っていた。それに、ごくたまにしか連絡をしない、よほど用事でもない限り電話の一本もよこさない弟の声が聞きたくて、わざわざリクエストをしてきたのだろうとも。

「まえにも話しただろう。美佳さんに、会社丸ごと渡して、また戻るつもりだったたって。でもあの人にはまるっきり、その気がなかったんだ」

万一再婚することがあっても、会社とはなんら関係はない。亡夫と桐沢の意志だからと会社の代表を名乗るのは承知したものの、自分は人の上に立てるその器じゃない。そんな「くだらない」ことを考えているというなら、経営者から身を引くぞと、今年の春先に美佳に宣言された。

その直前まで彼女は渡米して向こうの専門家との研修に参加しており、あちらの会社からも引きぬきがあったのだ。彼女は元は支倉の先輩、要するに警察官であり、きちんと訓練を受けた一級のSPだった。今は一線を退いて後輩の指導にあたっているものの、訓練は怠っていない。

「実友の話もして。まあ男だとまでは言わなかったが、それでな」

今さら会社を退いて本気で英国に戻るつもりなのか。今つきあっているという恋人は連れていくのかと問われ、やめてどうしようかと考えていなかった桐沢は言葉に詰まったのだと言った。

『その年齢でねえ……無職はねえ』

愛想つかされるわよと言われたし、どうせなら優を超えてみたらどうなのよとも言われた。その場での売り言葉に買い言葉で、会社の拡張を決めてしまったのだと、自嘲めいた口ぶりで教えてくれた。

「実友に恥ずかしい姿はさらしたくないからな。今回はさんざん、情けないところ見せちまったが」

「俺、ですか？」

「そう。『子どもの成長は早いから、ぼやぼやしてるとあっという間にぶち抜かれるわよ。そうなったときに残るのは、うらぶれた中年？』だと。美佳さんは兄貴より年上なんだが、なんせ俺がまだ高校生だったころから知ってる相手じゃ、かなわない」

「俺が桐沢さんに追いつくなんて、一生なさそうな気がしますけど」

「そうでもないさ。ぼやぼやしてるとすぐに抜かれそうだ」

「でも俺は、どんな桐沢さんでも好きです」

包んでくれるおとなだからじゃない。桐沢が桐沢であれば、実友にはそれでいい。

一つ知るたび、もっと好きになる。彼が思うほど揺らがない人じゃないと知ってもなお、ますます気持ちは膨れあがるばかりだ。

手を伸ばしても遠く、実友では届かないほどのところにいるような気がした桐沢が、ほんの少しだけ近づいた気がする。

それは年齢でも、壁一枚の距離でもなくて。

「明日、父にここに残るって言います。だから、一緒に理由を考えてくださいね」

「もちろん」

笑って答えてくれた桐沢の頬へ、実友は自分から唇を近づけていった。

矢上に相談にのってもらい、最終的に大学は都内のいくつかを受験することに決めた。

「安全圏ばっかり狙うのもいいけど、どうせならもう少し目標を高くしたらどうだ、とか言うんですよ。あいつだんだん、進路指導の先生みたいになってきた。次の中間テスト、おかげで矢上と神野と三人で、泊まりこみで試験勉強です」

桐沢と二人、実友の家で食事をしたあと、お茶を呑みながらリビングで話をした。桐沢の手には缶ビール、実友は麦茶だ。

リビングには、休日に天城につきあってもらい、あれこれと迷って選んだカラーの藺草《いぐさ》ラグを敷いてある。これは夏までのもので、秋になったらまた、冬用のものを買いにいこうと約束をしている。ローテーブルもずいぶん店をまわって、少し大ぶりの木目のものを買った。

食事にも宿題や受験勉強をするにも便利で、最近の実友はめっきり、リビングですごすことが多くなった。

こちらに残ることに決めたのだから、せっかくだし自分の家も居心地をよくしよう。そんなふうに考えて、少しずつ部屋を整えはじめている。もちろん実友は自分で働いているわけではないから資金には限界があるが、家具なども中古を探せば驚くほど安い値段で手に入るのだ。

そういうこともすべて、天城が教えてくれた。

いくら礼を言っても足りない。今回も本当に、天城にはたくさん助けてもらった。

『俺はなんにもしてないよ？』

そう言って、彼は笑うばかりだったけれど。

今、実友の家の冷蔵庫には、缶ビールが冷えている。もちろん、桐沢用だ。お父さんが急に訪ねてきてばれたらどうする、と戸惑われたが、それは大丈夫だと言ってある。

父が咎めだてするようなこともなかろうと確信しているが、もしなにか言われたら、「ずっと放っておかれて淋しかったから」とでも、恨み言を言ってやれと決めていた。

(それくらい、いいよね)

北海道へと招いてくれた父の真意は未だわからない。あれから二度ほど連絡があったが、決まったら伝えるからと言っただけだ。もし、もしも父が実友を呼んだ理由が沙也加にあったのだとしても、それはそれでかまわない。

父は家族として大切で、気持ちはきっといつまでも変わらない。それでも、父は桐沢ではないから。実友だって父よりも桐沢を選んだのだから、父が沙也加を優先してもいい。お互いに無理をして歩みよるよりは、自然に任せようと思う。

（だいたい、普通だったら反抗期とか、独立とかする歳なんだよね）

冷えた関係が長かったせいでどうにも感覚が狂っているが、本来は独りだちしてもおかしくはない年齢だ。さすがに懲《こ》りたのでおとなぶるのはやめようと決めているものの、それとは逆に、無理をして「父の子ども」でいることもない。

父とは、離れたままお互いを案じている。いつかそういう関係になれたらいいと願っていた。

「泊まりこみで試験勉強？　学校の友達とか」

「はい。俺のところに来るんですよ。うちが一番、気兼ねしないでしょう。でも矢上がいるから、さぼったりはできなそうです」

ちゃんと勉強するんですと笑うと、桐沢が顔を顰めた。

「どうかしました？」

「いや、……まあ。どのくらいの期間だ、それ」

「せいぜい、週末二日くらいですよ。学校あるし」

提出しなおした調査票で、私立大学では最高峰である矢上の志望校まで、希望に入れられてしまった。これは真面目にやらないと、試験結果で学校側からなにを言われるやらわからない。かつては言い訳につかった夏期講習を、本当に受けるはめになってしまいそうだ。

「あの、なにかまずいですか」

ふつりと黙りこんだ桐沢に、実友が訊ねた。

「自分の狭量さに、ちょっとな」

「はい？」

「ただの友達だってわかってるんだが。天城からも話はきいてるし、いい友達なんだってな。……ただなあ、どうもなあ」

泊まりこみかと、桐沢はぶつぶつと呟いた。

「妬《や》いてるんだ。わかれ」

意味をはかりかねて桐沢を見つめると、彼は苦笑して実友の額をぴたんと叩く。

「妬いて、って。でも俺、ですよ」

「実友だからだろ。可愛いし、ぼんやりしてると、ときどきやたら色っぽくなるしな。うかつに血迷われたらどうしようかと」

「大丈夫です。矢上はもててるし、神野だって彼女いるんですよ」

妬かなきゃいけないのも心配するのも、実友のほうだ。桐沢の周りにはおとなの女性がたくさんいるのだし、彼が一人でいたら放っておかれるはずはないと確信できる。

(俺も、頑張らなきゃ)

もっと好きになってほしいから。ずっと、好きでいてほしいから。実友は彼をそれ以上に好きでいて、気持ちを大切にしようと思う。

時間があってもなくても、なるべく一緒にいることにした。言葉が足りなかったのだとわかったから、たあいないことでも、伝えようと二人で決めた。桐沢と実友では世界が違っているからわからないことも多いが、それでも、わからないからと黙っていてはまた、大きなすれ違いを起こしてしまうかもしれない。

そして、二人で決めたことを実友以上にきちんとしてくれる桐沢を、心の底から好きでいる。

「天城の野郎も相変わらずちょっかいだしてるんだろ」

「遊んでもらってるんです。ちゃんとでかけるとき、桐沢さんに言いましたよ」

「言われた、がなあ」

桐沢はぼやいて、ラグの上をすっと撫でた。

日用品の買いだしにはやはり、天城が適任だ。最初は桐沢がつきあうと言ってくれたのだが、その場にいた天城がそう主張して、実友もそうだろうなとうなずいてしまった。それが、どうも不満らしい。

「だって桐沢さん、俺と金銭感覚とか違うし」

『安いものを探そうってのに、デパートに行ってどうする。あんた他に家具売ってるとことか、ちゃんと知ってんの？』

にやにやと笑った天城にそう指摘され、桐沢は言葉をつまらせていた。

そのあと、足りない分は自分がだすと言いだして、今度は実友と天城とに「駄目だ」「とんでもない」と却下されたのだった。

「桐沢さんがそうやって俺を気にしてくれるから、天城さん、面白がってるんです」

「わかっちゃいるが、気にするなって言われても腹がたつんだよ」

「俺、ちゃんとここにいますよ」

「……うん」

実友は膝でいざって、桐沢の横にすとんと座った。藺草のラグは涼しくて気持ちがいい。ソファや椅子より直接こうして座るほうが、実友の好みだ。

「俺は誰より桐沢さんが好きです。本当です」

コップを持っているのと反対の手で、彼の袖を軽く引いた。

「そういえば、仕事のほうは落ちついたんですよね？」

これは違う話題にしたほうがよさそうだと、実友はくるりと話を移す。けれど、桐沢はますます長いため息をついた。

「仕事が落ちついたのはいいんだが、暇になったせいで天城はますます煩《うるせ》えし、美佳さんまで実友に会わせろって言いだした」

「えっ⁉」

桐沢の亡兄の妻、現在はキリサワ防犯の社長職にある女性だ。どうして、と、実友はぎょっと目を丸くした。

「あいつがなあ、あれこれ吹きこみやがってるんでな。それと今回、ちょっとゴタついてただろ。いろいろばれて……まあ。今んとこどうにか断っちゃいるが、あんまり放っておくと勝手に見に来かねない」

「……はあ……」

それは、困る。

実友もさすがに、どう答えていいかわからず、桐沢の横で沈黙した。

「どう、しましょうか」

歳が離れているのはまだしも、実友はどこからどう見ても男だ。いくら童顔とはいえ、女性と間違われることは、さすがにこの年齢ではもうない。

「あの、俺が男だってことは——」

「もうバレた」

「そうですか」

いいのかなあと、実友は桐沢の表情をちらちらと窺《うかが》った。

会いたいとか会いたくないとかいう以前に、同性でつきあっていることを、その女性がどう考えているのか。桐沢に迷惑にならなければいいが、と、実友は肩を重くした。

「ああ、それはいいんだ。あっちも気にしてない」

「どうしてです？」

「口だされる筋合いじゃないだろ。俺は俺だし、あっちはあっち。脅すだの力ずくだのじゃないんだったら、なにも言わない、とさ。あれはまあ、単なる野次馬根性だろう」

会わせたくないわけじゃないんだと、桐沢が言った。

「照れくさいのと、あとはまあ、もったいない——かな」

でてきた言葉の意外さに、実友は目を瞬かせた。

「もったいないって、どうして」

「他の奴らに見せたくないんだ。あんまり」

あれこれ話してくれるのは嬉しいが、どうもこういう言葉には慣れない。くすぐったいというか照れくさいというのか、どうにも腰が落ちつかなくなる。

もぞもぞと動いた実友に、桐沢が短く笑った。

「そのうち、なんとかするさ」

「はい」

空になったコップと桐沢が呑みほした空き缶を手に、実友は立ちあがった。「お代わり取ってきます」と言ってキッチンに向かい、すぐに戻ってくる。

「それで、な。進路、本当にいいんだな」

缶を受けとりながら、桐沢が言って、まっすぐに実友を見つめてきた。不意打ちの真剣な表情に、実友もきゅっと表情を引きしめる。

「はい。もう決めました。ここにいられるか引っ越すことになるか、まだわからないんですけど。父さんにはこっちの大学に行きたいって頼むことにします」

「そうか。……家については俺はなにも言えないが、もし引っ越しても、俺のところにいればいい。親父さんの目があるだろうから、アパートは借りておいて」

ずっと『遊びに』きていればいいだろうと、桐沢は言った。

「そうします。そうさせてください」

「実友が嫌だって言っても、引きとめるさ」

嫌だなんて言わない。ふたたび座りながら実友ははっきりと告げた。

「それと。そういう相談は、なるべく俺にいちばん最初にしろ」

一緒に考えさせろと笑いながら耳元に囁かれ、実友はびくんと肩をそびやかしながらこくんとうなずいた。

「いつ言うんだ？」

「ええと。今……にしちゃおうかな。桐沢さん、いてくれますか？」

「うん？　いいぞ」

やっぱり、一人だと緊張してしまうから。上手く話せなくなるかもしれないと頼むと、桐沢はすぐに承知してくれる。

「じゃあ、電話、取ってきます」

(よかった、いてくれて)

すべてもう自分の中では決めてしまったものの、いざ父に話すとなるとどうしても緊張が拭いされない。不機嫌になられてもいいと覚悟しているとはいえ、電話口からそれをぶつけられて、平静を保っていられるかどうか自信がない。

話がでたのもいい機会だから、ここで、桐沢がいてくれる場所で、すべて伝えてしまおうと決意したのだ。

一つ大きく深呼吸して、実友は子機を取りあげた。

「実友、おいで」

こっち、と手招かれ、実友は電話の子機を摑んだまま、桐沢の傍に行った。ぐい、と腕を引かれ、膝の上に載せられてしまう。

「き、りさわさんっ!?」

「うん?」

桐沢は膝に載せた実友の腰へと腕をまわし、がっちりと抱いた。

「このまま、電話ですか……?」

簡単には離すつもりはないと、その腕の力でわかる。さすがに狼狽えたが、桐沢は当然、と言うだけだ。

「そう。このまま。どうせ電話なんだから、なにしてたってわかりゃしないだろ」

「それは、そうですけど」

でも、この体勢はどうだろう。違う意味で、緊張しそうになる。

「俺、あの。……父さんと真面目に話をしたいんですけど」

「俺も真面目だぞ」

「動揺して、声がおかしくなりそうです」

「だから、だろな。ほら」

言って、桐沢が実友の心臓のあたりに手をあてた。とくとくと速い鼓動が、彼の手にも伝わっている。

「これ、俺のせいじゃないよな？」

ふざけてこうされただけで、さすがに鼓動を速くしたりはしない。桐沢に指摘され、実友はそのとおりだと認めた。

「なんかやっぱり、落ちつかなくて」

「さっさと電話しないと、痺れきらせて襲うぞ？　ラグ、好きだろ」

耳朶を食み、桐沢がひそりと囁いた。

ラグで寝転がるのは好きだが、そういう問題ではない。だいたいラグに裸で横たわったりしたら、さすがに痛いんじゃないかと思う。

（ああ、違うって。今そんなこと考えてる場合じゃっ）

実友はひっと悲鳴をあげ、子機を握りしめる。

「わわっ、電話しますっ」

実友は慌てて短縮ボタンを押した。耳に呼びだし音が聞こえはじめる。緊張で震える身体を、桐沢がきゅっと抱きしめた。

「大丈夫、俺がここにいる」

うなずくと、もう一度「大丈夫だ」と桐沢が言った。

長い呼びだし音のあと、父の声が聞こえる。受話器を持つ実友の手を、桐沢がそっと包んでくれた。

ふたりごと

天城《あまぎ》が指定された喫茶店に着くと、「こっちです」と声が届いた。

「悪い、遅れた」

一番奥のテーブルで待っていたのは矢上《やがみ》、実友《みとも》の友人だ。

「いいですよ。俺はどうせ、暇な学生さんですから」

「受験生が『暇』ときたか」

笑って、天城が腰を下ろす。すぐにウエイトレスがオーダーをとりにきたので、ハワイコナを注文した。

「うわ、あの人、ずーっと天城さん見てますよ」

「気にすんな」

女性にしろ男性にしろ、視線には慣れたものだ。よくも悪くも目立ってしまうのを、天城は自覚している。ちらちらと見られるのはもうごく幼いころからで、顕著になってきたのは中学の途中くらいからだろうか。比較的成長期が早く、そのころにはもう、ほとんど今と変わらないような体型になっていた。

美しく整った顔やすらりとした体型を、天城は特になんとも思っていない。単なる「顔」

であり「身体《からだ》」だというそれだけだ。損得はそれぞれあって差しひきゼロ、というところだろうか。

「さっすが、慣れてますね」

「嫌でも慣れるぞ、こんなもん。おまえだって人のこと言えた義理じゃないだろ」

ぞんざいに言って、天城はポケットから煙草《たばこ》を取りだした。いいかと訊《たず》ねてから火をつけ、ゆっくりと紫煙を吐きだす。

「あー……、落ちついた」

「お疲れさんでした。仕事、早かったですね。もうちょっと待つかと思ってましたよ」

「俺は開発だからね、よっぽどツメの作業んとき以外は、わりと好きな時間にあがれんの。今日はちょっと帰りがけに煩《うるさ》いのにとっつかまって、そんで遅れた」

ホントに悪いなとふたたび謝った天城に、矢上は意外そうな顔をした。

「なんだ?」

「いやー……。結構びっくり。天城さんてわりと、時間に自由なのかと。俺が誘ったんだし、仕事帰りじゃ時間だってわからないでしょ。気にしなくていいですよ」

ルーズとは言わないところが愉快で、天城は小さく笑った。

「いんや。俺わりと時間に正確なのよ。桐沢《きりさわ》さんと支倉《はせくら》以外にはね」

「なんでです?」

「遅れると立場悪くなるっしょ。んで、あの二人は俺が遅れようが早く着こうが立場なんざ気にしないから、どうでもいい」

「なるほど」

頼んだコーヒーが届いて、しばらくは喉《のど》を潤した。

矢上に呼びだされた理由は、たいしたことじゃない。天城が手すさびに昔作った単純なパズルゲームのソフトを借りたいというので、持ってきただけだ。

郵送でも充分間にあうし、実友に預けてもよかった。実際、そうしてくれと矢上には言われていたのだが、天城にも矢上に会ってみたい用件があって、手渡しするために待ちあわせたのだった。

「で、これな」

鞄《かばん》からソフトを焼いたCD‐ROMをだして、矢上に渡す。

「すみません。話聞いたら、すっげ面白そうで。河合《かわい》、ぜんぜんできなかったって言ってましたよ」

「実友ちゃんは数理パズルに向いてねーの。わりと簡単よ？　あんま期待すんな。それにしても受験生がパズルかよ」

「短時間に解けるのがいいんですって。気分転換になります。たまに夢中になって徹夜しちゃったりしますけどね」

「おーい」

ホントに余裕だなと呆《あき》れると、矢上はにやりと笑ってみせた。

「全然やってないわけじゃないですよ。これで実は、わりとガリ勉」

「へえ？」

「カッコつけたくせに落ちたらみっともないでしょ。要領いいんで、まわり道してないだけで、それなりにやってます。ついでにいうと親戚《しんせき》に塾講師がいて、これが有名予備校から引っ張りだこって奴で。……ところで、俺にもなんか、用事あんですよね」

実友の学校の創立祭で矢上に会って、その場で携帯電話のメールアドレスを交換していた。話してみて面白かったのと、学校での実友の様子を訊《き》いて、桐沢を揶揄《からか》ってやりたかったからだ。

待ちあわせの時間と場所を決める際、落ちつける場所にしろと言ってあったので、どうやら話があると推察したらしい。

（まあ、難しい推理ってわけでもねえか）

矢上は頭の回転も早そうだし、この程度なら造作もないだろう。

「用件ってほどじゃないんだけどな。実友ちゃん、結局どうしたのかねと思って」

東京《とうきょう》に残るだの北海道《ほっかいどう》に行くだのと迷っていた実友が、その後どうしたのか。桐沢は口を固く閉ざしたまま教えてくれないので、ならばとこちらに訊ねることにしたのだ。

（俺に知られるとまたなんかちょっかいだすと思ってんのかねえ。……そんな大事なこと、さすがに邪魔しやしないって）

よほど信用がないらしい。まあ今までが今までなのでそれも仕方がないが、天城だって、桐沢を揶揄いたいという以上に、実友が可愛い。もちろん桐沢が実友に向けているのとはまったく違う感情ではあるものの、あえて苦しめるような真似《まね》などする気はまったくなかった。

「えーとね。実友ちゃんとこの保護者くんが、俺に知られると邪魔すんじゃないかって警戒してんのよ。んで、そんじゃ他の奴にでも訊こうかな、と」

「保護者って、河合の親父じゃないですよね」

矢上も実友の家庭事情について、おおまかな話は知っているようだ。それは文化祭で会ったときにも気づいていたので、天城はうなずいて肯定した。

「まーね。隣に、おっかねーオニイサンがいるんですよ。今度、実友ちゃんとこにでも遊びにいけば会えるんじゃない？　おまえが行けば絶対、顔だすって。面白いからやってみ」

桐沢はあれで、実友との年齢差をずいぶんと気にしている。実友の周囲にいる友人にまで妬《や》いているようだから、矢上が行けば間違いなく、覗《のぞ》きに行くに違いない。

その様子を想像するだけで、天城はふきだしそうになった。

四月には誕生日を知らなかったといってショックを受けていたし、その直後にはあの騒動だ。喧嘩《けんか》していた最中で、おまけに自分は亡兄の命日の墓参りがあったくせに、文化祭に自分でなく天城がでかけたことでさえ、未《いま》だに拗《す》ねているくらいだ。

とにかく彼は実友に夢中で、それこそ猫かわいがり、と言ってやりたいくらいだ。ああまで甘くなるとは正直予想外すぎて、外野席にはひたすら面白くてたまらない。

「進路ってでも、河合に直接訊けばよかったんじゃ？」

「それができりゃ苦労はしないのよ。ほら、親父さんと揉《も》めてたりしたらやばいでしょ。俺はちょっとまえにあの子にものすげえ迷惑かけててね、間違っても傷に塩塗るようなことはできないんです」

抱えてしまったトラブル自体はとばっちりのようなものだが、そこに実友を巻きこんでしまったのは、完全に天城の失態だ。どうにか収まったからいいようなものの、怪我《けが》もさせたし、ひどく怯《おび》えさせもしてしまった。

「なるほど。こっちに腰据えることに決めたらしいですよ。俺に、大学決めるの相談にのってくれって言ってきましたから」

「ホント？　そりゃよかった」

「あいつもねえ、どうしてああ、親父さんに甘いんだか」

わからないと言って、矢上が顔を顰《しか》めた。

「今までさんざん放《ほう》っておいたくせに、今さら急に自分のところへ来いなんて、めちゃくちゃ勝手じゃないですか。あいつには言えないけど、どういう人間なんだって思いますけどね」

　矢上はそう言って、まだ天城や桐沢と知りあう以前の実友の様子を話した。とにかくいつも静かで、一人でいることが多かった。そのくせ誰かになにか頼まれれば、たいていのことは二つ返事で承知していた。話しかければ楽しそうにするが、一人でいるときは驚くくらい無表情で。暗いとは言わないが、「とにかくやたらと静か」だったのが目をひいた、と矢上が語った。

「なんだかんだ言って、俺らくらいって騒がしいのが多いじゃないですか。あいつ、異様なくらい静かだったんで却《かえ》って目立ってたんです。それと、いつも図書室で、閉館ぎりぎりまで居残ってた。最初はずいぶんオベンキョー好きな奴だなって思ってたんですけど、あれって家に帰りたくなかっただけなんですよね」

　印象が散漫すぎて、摑《つか》みづらい。それで興味がわいて話しかけてみた、ということらしい。

「ここ半年くらいでずいぶん変わったんで、なんかあったんだろうなって勘ぐってんですけどね。あいつあれで、口が堅いから」

　知ってますかと問われ、天城は眉《まゆ》をあげたポーズだけで答えた。

「ちぇー…。こっちも口は堅いか」

「知ってどうすんの」

「別にどうにも。ただ知りたいだけですよ。誰にも言わないんだけどなあ」

「実友ちゃんにも事情があんじゃないの」

「そりゃわかってますけど。あいつ水くさいからなあ。せめて性別だけでも教えてくれりゃいいのに」

信用されてないのかなと、矢上がぼやいた。

信用するとかしないとか、そういう問題ではないのだ。実友が彼に打ちあけないのはきっと、桐沢に迷惑がかかったらとか——、同性同士というのを受けいれてもらえるものかと考え、言いあぐねているに違いない。

(まあ、こればっかりはね)

「性別?」

あれ、と天城は首を傾《かし》げた。年齢だとか名前ならともかく、普通はここで「性別」という単語はでてこないだろう。

「性別、です。俺ね、あいつの相手って男じゃないかって睨《にら》んでんですけど」

「……はあ、そりゃまたどうして」

「想像つかないから。どっちにしろ年上っぽいけど、年上の女とつきあってる奴って、なんとなーくわかりますよ。んで河合からはそういうのがまったく感じられないんですよね」

「そういうもん?」

「と、俺は思ってるってだけですが。最初、天城さんだと思ってたんですよ。よく名前でてたし、すげえ褒めてたから。でも違うみたいでしたね」

「外れ。俺は近所のあんちゃんってとこ」

それ以上は天城が口を割らないと気づいたのだろう。矢上はそこで話を変えた。


世間話やら天城の仕事、それに実友の学校での様子をあれこれ聞いているうち、外はすっかり暗くなっていた。

「そろそろ、帰るか。引きとめて悪かったな、受験生」

「それやめてくださいよ。気になるじゃないですか」

うんざりと顔を顰めてみせたのに、天城はにんまりと笑った。

「おまえ、全然気にしてなさそうだったから。そうだろ？　神経質な奴には言わないよ」

「ああそーですか」

外は雨が降りだしているようだった。窓から見える空は暗くてよくわからないが、はっきりと音が聞こえてくる。

「ああ、やっぱり降ってきた。俺、雨が嫌いなんだよなー」

「なんか嫌なことでも？」

「うんにゃ、道路混《こ》むだろ。車で動くの不便になる」

「今日、車ですか。このへん駐車場ないから面倒だったんじゃ」

気づかなくてすみませんと律儀に謝る矢上に、天城はひらひらと手を振った。

「ああ、違う。会社に置いてきた。ここは道が混んでそうだったから、これ以上遅刻したくなかったしな」

雨だと思うと一旦《いったん》、会社に戻るのも面倒だ。最初は戻って車で帰るつもりだったのだが、さてどうしようかとしばし考える。

「よっしゃ。支倉に迎えに来させよう。ついでに車も持ってこさせりゃ、一挙両得」

「それ微妙に意味違うような気がするんですけど」

「煩いこと言わなーい」

「受験生ですから」

口の減らない矢上の頭を軽く一発殴って黙らせ、天城はさっそく携帯電話を取りだした。

「ここ、住所わかる?」

「住所まではさすがに。でも、携帯にGPS機能ついてんじゃないですか。それで見ればわかりますよ」

「あ、そっか」

言われたとおりだ。メニュー画面から現在地検索をかけると、画面にだいたいの住所が表示される。それを覚えてメールで打ちこみ、支倉宛《あて》に送信した。

「よしっと」

「携帯、切っちゃうんですか？」

「だって電源入れといたら断られるだろ」

メールを見た支倉が素直に迎えに来てくれるなどとはむろん、天城は考えていない。けれど律儀な彼のことだ。携帯電話が繋《つな》がらないとなれば、諦《あきら》めてここまでたどりついてくれるだろう。

あとでいくら文句を言われようと、それはどうでもいい。

「断られるだろ、って。はあ、そういうもんですかねえ。すげえな、なんか」

「いいのいいの。あいつは象が踏んでも壊れないくらい丈夫なんだから」

「それって理由になってませんよ。どっかの筆箱じゃあるまいし」

相当昔のCMなので、よもや矢上が知っているとは思わなかった。天城自身、年上の知人から聞かされて覚えただけなのだ。

「なんで知ってんのおまえ」

「えー……。まあ。ちょっと」

他意はなく、ただ驚いたので訊いてみただけだ。だがおかしなくらい、矢上の挙動があやしくなった。

（あれ）

目を逸《そ》らしたり肩を揺らしたり。平静を装うとしているようだが、わずかな動作が普通とは違っていた。

「なに、もしかして年上のカノジョ」

話の流れからいって、そう外れてもいないだろう。案の定、矢上の耳が微《かす》かに赤らんだ。

「そんなとこ、です」

追及はしてくれるなと、矢上の顔に書いてある。飄々《ひょうひょう》とした優等生がいきなり態度を崩したのが、やたらと面白い。

（ふうん……？）

好奇心は旺盛《おうせい》なようだが、自分についてはガードが堅いらしい。ならば崩してみたくなるのが、人という厄介な代物だ。

「次は実友ちゃんも誘って、メシでも食おう。俺が奢《おご》ってやる」

矢上をつついてみたいというのが一つと、もう一つは実友と食事がしたいのと。さらには天城がそのメンツで食事をすれば間違いなく桐沢が拗ねるだろうとわかっているから、我ながらいい提案だと得心した。

「いいんですか？　俺結構食いますよ」

「どーぞどーぞ。これで高給取りなのよ」

「そんじゃ遠慮なく」

いつがいいかと、矢上はさっそく手帳を開いて検討をはじめている。

実友の進路については、天城なりに真剣に案じていたのだ。それを教えてくれなかった桐沢への意趣返しができるとなれば最高だ。これはなにがどうでも実現させてやろうと決めて、天城はにんまりと笑った。

あとがき

はいども坂井でっすー。

相変わらずあとがきのでだしには困りますねー。からっといくかしっとりいくか。まあどう取り繕ってみたところで、本人はへにょへにょですが。私、話していてときどき珍妙な合いの手を入れるらしく、「その気の抜ける返事はやめい！」と友人に言われてしまいました。日本語で話せって言われちゃいましたよ。日本語以外喋れないってば。

ええと前ふりはこのへんで。本篇の話題にまいりましょう。ふたたび桐沢と実友でこんにちは、です。初めましてのかた、こちらシリーズ続篇となっております。『朝を待つあいだに』ルチル文庫さんちから絶賛（多分）発売中。単発でも支障はないのですが、どうぞお気に召したらこちらも。赤坂さんの素敵表紙が目印です。

前回はちょいとささやかな事件がらみ（あれは事件なのか、事件だな。事件ということにしよう。いやかすり傷程度ですけど）だったのですが、今回はずどんと恋愛一直線でございます。恋ってくっついたあとのほうが大変なのよ、っつことで。二人ともがあまりにもぐるぐる煮え煮えしているので、途中で私まで煮えてましたよもう。どうもこう、作中主人公のコンディションに影響されるのはどうにかならんものでしょうか。

この二人＋脇を固める（いや固めてないな。削ったり叩いたりこねたりしてるな）メンツは書いていて楽しいです。どんどん桐沢のタガが外れてきてるのが危険ですが（笑）。いつも友人に初稿を読んでチェックしてもらっているのですが、「このオヤジめ…」と突っこまれました。なにかなあ、なんだろうなあ。白状するとええ自分でもそう思いましたともさ。仕方がないのよ年下の可愛い子ちゃんがひょんひょんと目のまえをちらつくんだもの。ははいここ、表紙の絵でご想像くださいませ。可愛いですよねえ。そりゃたぎってもしょうがないいですよねえはははのは。

さて今回もお礼と感謝を。まずは赤坂さん！　どんどんご恩がたまるいっぽうで、もうどうやって返していいやらわかりません……。今回ものすごい日程の中、大変大変っ、美しく、キュートで格好いい表紙をありがとうございましたーっ。恒例のごとくパソコンのデスクトップに飾ってあります。壁紙みたさにウインドウをどけることしばし。桐沢が格好よすぎて、拝見したときに悶絶してました。うっとりです。引きのばしてプリントアウトして、部屋に貼ってしまおうかしらとこっそり計画中です。

ものすごく難航した原稿のなにもかもを助けてくれたちーちゃん＠崎谷さん、どうもありがとうだ!!　どうにか自分で納得できる形になったのも君のおかげでございます。毎度ながらぐずぐずわめきちらしてすまんこってす。なかなか成長しないもんですね……人はね……。一ミリずつでも成長できりゃいいなーと、日々あがいておりますですよ。今後ともよろしう。

いつも忙しいのにありがとう。

そして担当さま。あのそのええと……すすすすみません…………………。自分のへたれっぷりにときどき（頻度は八割）うんざりしますが、なにとぞ今後ともよろしくお願いいたしますです。桐沢と実友、書かせていただけて嬉しかったです。次こそ優等生で。

なによりいつも読んでくださる皆様もはじめましての皆様も、本当にありがとうございました。五月に桐沢と実友の本をだしてから、気分的には再デビューでして、毎回ぴりぴりどきどきしています。今までずっと新書だったのが文庫に変わっただけなのに（いやレーベルも違うけど）、なんだか妙な気分ですね。いただいた感想はありがたく拝読しています。おかげで頑張れました。この本がどうかお気に召すことを祈ります。

次のルチル文庫さんは五月かな？　そのまえにぽちぽち、他社さんのお仕事が入っております。どこかでまた、お会いできますように。

ええとまた中途半端に頁を余らせてしまったので、ここから先はおまけです。それでは、またっ。

（ほーむぺいじはこちら。【木造モルタル二階建】http://akeo.milkcafe.to/）

＊　　＊　　＊

新聞と、さまざまな種類の雑誌。床いっぱいに広げられたそれらに、実友は目を丸くした。夕飯ができてからと桐沢を呼びにきたのだが、リビングを覗いた途端飛びこんできたこの光景に、驚いて言葉がでてこない。

「……実友？　どうした」

廊下に立ったまま入ってこない実友を訝ってか、手元を見たままだった桐沢が顔をあげる。

「あの、夕飯ができたんですけど」

「呼びにきてくれたんだろ。どうした、そんなところで突っ立って」

そう言ったあと、桐沢は不思議そうに実友の表情と視線の先とを見比べた。そうして「あぁ」とようやく気づいて苦笑を浮かべる。

「悪い。すぐ行く。ここは――、片づけるのはあとでいいか」

桐沢はそこらに散らばった雑誌をかき集めようとして、時間がかかるかと手を止める。彼は自分の周囲をあらためて眺め、その惨状に気づくと、「こりゃたしかにすごいな」としみじみと呟いた。

「桐沢さん、なにか探してたんですか」

「うーん、目的があるわけじゃないんだがな。それこそ『なにか』ないかと思って」

おいでと手招かれ、実友は散った雑誌を踏まないように気をつけながら彼に近づく。隣に座ると、ひょいと腰を抱かれた。

「仕事に使えそうなものはないかって、探してたんだ。こういうのはマメにやっとかなきゃまずいってわかってたんだが、つい気忙しいとやる気になれなくてな」

同じものを見ても、余裕のあるときとないときとではまるで違う。仕事のヒントはあちこちに転がっていたりするのに、焦っていると、見えるはずのものが見えない。

桐沢はそう説明しながら、手の届く範囲の新聞や雑誌を集めて積みかさねる。

「中断しちゃって大丈夫でしたか」

考えごとの邪魔をしてしまったかと、実友が桐沢を見あげた。彼は笑って、実友の頬に軽く唇を寄せた。

「平気。どうせ暇潰しだった。なにかしてないと落ちつかなくてな」

「落ちつかないって？」

「何度か、そっちに行きかけてな。さすがにまずいだろ。ところで、あいつらはどうした」

週末、日曜日の夜だ。一日中一緒にいられる貴重な時間で、いつもならここか隣の実友の家で二人でのんびりしているはずだったが、今週ばかりはそうもいかなかった。

矢上と神野とが、金曜の晩から試験勉強のために泊まりにきていたのだ。彼らと実友とでまる二日間みっちりテキストと格闘し、彼らはつい二時間ほどまえに帰っていった。

「さっき帰りました。夕飯も誘ったんですけど、長居してると帰りたくなくなるからって」

「そうか」

実友の腰を抱く桐沢の腕に、僅かながら力がこもる。どうしたのかと、実友は首を傾げた。

「桐沢さん。昨日、来てくれてもよかったのに」

土曜日に一度、夕飯はどうするかと実友から桐沢に電話している。一緒に食べないかと誘ってみたものの、たまには友達とゆっくりしたらいいと断られていた。高校生ばかりが集まったところに顔をだすのもつまらないのだろうと、そのときは深く考えなかったのだが、わざわざ「行きかけた」のをやめるために時間を潰していたというなら、そんな理由ではなかったのだろうか。

矢上たちには、一人分だと不経済だから隣の桐沢と一緒に食べることが多いと説明してあった。それに、不在の父に代わっていろいろ面倒を見てもらっているとも。だから桐沢が現れても、問題はなかったと思う。

「行ったら、奴らを睨みでもして牽制したぞ、多分」

「牽制、ですか」

「そう。実友に手をだすなってこと」

さすがにそこまではまずいだろうと言いながら、桐沢が実友の髪を撫でた。

「そんなことをしたら、実友とこういう仲だってバラすようなものだしな。だいたい、明日から学校で気まずくなるだろ？」

「手なんかだしませんよ。矢上はもてるし、神野は彼女いるんです。それに俺じゃ、そうい

らいなのに。

　実友には未だに、どうして桐沢が自分を好きになってくれたのか、さっぱりわからないく
う対象になんかなりません」

「どうだかな」

「本当です。桐沢さん、買いかぶりすぎです」

　実友には未だに、どうして桐沢が自分を好きになってくれたのか、さっぱりわからないくらいなのに。

「ああ、でも。ばれたらまずいですよね。お仕事とか」

「俺か？　俺は問題ない。でも実友は嫌だろう？」

　我慢したんだから、褒めてくれ。ふざけた口調で言った桐沢に、実友は躊躇いながら「嫌じゃないんですけど」と言う。

「神野はわからないんですけど、矢上は、ばれたからって態度変えたりしないとは思うんです。何度か言いかけて、でも結局言えませんでした」

　一番親しい友達にまで隠しているのは、さすがにうしろめたい。矢上は当初、実友は天城とつきあっていると誤解して、そのときに「偏見はないぞ」と言っていたくらいだ。おそらく真実を知ったとしても、離れていったりおかしな目で見たりはしないだろう。好奇心が満足されればそれでいいのだも思う。けれど、未だに訊かれるたび、恋人などいないと誤魔化しつづけている。

「なんだろう。恥ずかしい、のかなあ」

確証がもてない分、不安なのもあるが、多分、それ以上に照れくさいのだ。

「恥ずかしい？」

桐沢に訊きかえされて、実友はこくんとうなずいた。

「そういうのって、恥ずかしくないですか」

「いや。どっちかって言われたら、見せびらかしたい——だな、俺のほうは」

「……はあ」

そこで言葉をきると、桐沢はぴたんと軽く実友の頬を叩いた。

「それで、誰も手をだすなって警告しておく」

「だから警告なんてしなくても、誰も手なんかだしませんってば」

「そう思ってるのは実友だけだろ」

「違いますっ」

桐沢が眦や額に口づけてくるのに、くすぐったいと身を捩る。

夕食の誘いにきたという目的は忘れていないが、べたべたとくっついていると離れがたくなる。諍いからまださほど日が経っていないから、その反動かもしれない。

ようやく実友の家に行ったころにはもう、できた食事はすっかり冷めきっていた。


おしまい。

✦初出　たとえばこんな言葉でも……………書き下ろし
ふたりごと………………………………書き下ろし

坂井朱生先生、赤坂RAM先生へのお便り、本作品に関するご意見、ご感想などは
〒151-0051 東京都渋谷区千駄ヶ谷4-9-7
幻冬舎コミックス　ルチル文庫「たとえばこんな言葉でも」係
メールでお寄せいただく場合は、comics@gentosha.co.jp まで。

幻冬舎ルチル文庫

たとえばこんな言葉でも

2006年1月20日　第1刷発行

✦著者　坂井朱生　さかい あけお

✦発行人　伊藤嘉彦

✦発行元　株式会社 幻冬舎コミックス
〒151-0051 東京都渋谷区千駄ヶ谷4-9-7
電話 03(5411)6431[編集]

✦発売元　株式会社 幻冬舎
〒151-0051 東京都渋谷区千駄ヶ谷4-9-7
電話 03(5411)6222[営業]
振替 00120-8-767643

✦印刷・製本所　中央精版印刷株式会社

✦検印廃止

ISBN4-344-80701-4　C0193　Printed in Japan

「朝を待つあいだに」
坂井朱生
イラスト
赤坂RAM
560円(本体価格533円)
高2の河合実友は、父親が単身赴任でいないため、一人暮らしだ。ある日、家の鍵を落とした実友は、隣人・桐沢の帰りを待っていた。防犯会社の副社長だという桐沢は、実友を自宅に招きいれ、同僚の天城を呼び出し鍵を交換してくれる。以来、実友を心配し気にかけてくれる桐沢に惹かれていく実友。一回り以上も年上の桐沢へのこの気持ちは……?

「幻冬舎ルチル文庫」

崎谷はるひ［しなやかな熱情］ イラスト 蓮川 愛

画家の秀島慈英は、個展に失敗し傷心のまま訪れた先で、刑事の小山臣と出会う。容姿に似合わず乱暴な口をきく臣に会うたびに、心を奪われていく慈英だったが……。ノベルズ版と商業誌未発表作品を大幅加筆改稿で待望の文庫化。

650円（本体価格619円）

きたざわ尋子［ありふれた恋よりも］ イラスト ほり恵利織

高校1年の向高梓希が出会った一つ年上の神矢弓弦。やがて二人の周りで、不思議な出来事が起こり始める。そんな中、お互いのことを意識しだす梓希と弓弦だったが……!? 大幅加筆修正した初期作品と書き下ろし続編を同時収録。

560円（本体価格533円）

月上ひなこ［そこに愛はあるのか］ イラスト 山田ユギ

呉服屋の次男・美濃幸彦は現在失業中なため実家暮らし。人嫌いで有名な友禅作家・香月天禅を口説くよう命ぜられたが、天禅の生活能力のなさに驚き強引に住み込むことに。やがて天禅の不器用な優しさに心惹かれはじめた幸彦は……。

540円（本体価格514円）

坂井朱生［たとえばこんな言葉でも］ イラスト 赤坂RAM

河合実友は高校3年生。父親が単身赴任でいないため一人暮らしをしているが、隣人・桐沢旭と恋人同士になった今ではお互いの家を行き来する毎日。好きになればなるほど怖くてなにも言えなくなり、甘えられない実友は……!?

540円（本体価格514円）

ひちわゆか［六本木心中①］ イラスト 新田祐克

日本を代表するトップアーティスト・九条高見。彼の成功の裏には、瀬能結城とのある取り引きがあった。成功と引き換えにその肉体を提供するという「契約」を交わした高見は……。大幅加筆改稿にてお贈りするファン待望の文庫化！

540円（本体価格514円）

雪代鞠絵［眠れない夜のすごし方］ イラスト 亀井高秀

藤沢佳は失恋のショックでお酒を飲んでいたところを、通りかかった医者の津村峻とカフェのマスター沢渡香澄に助けられる。口の悪い峻に脅され、カフェでバイトすることになった佳は、峻の意外な優しさに触れるにつれ……。

560円（本体価格533円）

神奈木 智［やさしく殺して、僕の心を。］ イラスト 金ひかる

自分の美貌を武器に生きてきた神崎菜央は、持ち前の性格が災いしてトラブルに巻き込まれがち。2度も助けてくれたエリート然とした男を身体目当てかと疑うが「ガキは興味ない」と言い放たれてしまう。その男は大手暴力団の幹部・室生龍壱で!?

540円（本体価格514円）

発行●幻冬舎コミックス　発売●幻冬舎